ある日、意外な形でその消息は判明した。
食酒亭のスタンク宛てにサキュバスムービーの
記録用水晶が送られてきたのだ。
？？？？？？？？

「わたしたちって、
けっこう臓器マニアなところがあって～」
「気のせいか猟奇的なこと言ってませんか!」
「違いますよ～。開腹とかはしませんよ～。
見通せるだけだから～」
見つめてサディスティック

「俺はその子とぴょんぴょんしよう」
「あのね、チミナちゃんはね、おっぱいがこのお店でいっちばん大きいのです！」
みんなでぴょんぴょん

血染めの妖精、レッドキャップ。
外見だけなら可憐と形容してもいいが、
その実――性質は凶悪の一言。
他者をいたぶり、嘲り、恐怖と屈辱のどん底で命を奪う。
ナマイキ赤ずきん

# 異種族レビュアーズ

## まりおねっと・くらいしす


著

**葉原鉄**

原作

**天原**

キャラクター原案

**masha**

イラスト

**W18**

原作
天原

キャラクター原案
masha

イラスト
W18

装丁
杉本臣希

# CONTENTS

# プロローグ

男はだれしも一本の剣を持っている。

それは意気地《いくじ》の塊。獲物を探してギラつく獣性の凶器。

勇気と憤怒にそそり立つ赤銅《あかがね》。

いかなる苦難においても、剣をもって奮い立つのが男というものだ。

「平たく言うとチンポの話なんだが」

「そういう話は小声でするか地獄の底でお願いね？」

給仕娘が氷竜の息吹《いぶき》もかくやの冷たいコメントを吐き捨てた。その背には翼がある。足には鉤爪《かぎづめ》。

有翼人である。通りすがりに翼が気流を乱し、冷たい空気まで運ぶ。

スタンクにしてみれば慣れきった冷感だ。

余裕しゃくしゃくで木の杯をあおり、無精ヒゲをエールで濡《ぬ》らす。後ろめたさはない。どこにでもいる人間種の男として、当たり前の信念を語っただけだ。

「だがな、メイドリー。男は剣を持ってるが、女だって小さなナイフを持ってるだろ」

「そりゃたまにアンタたち刺したくなるけど」

「いや、そういう話じゃなくてな。具体的に言うとクリト……」

「地獄に落とす」

給仕娘メイドリーのトレイ攻撃がスタンクの頭部に大きなこぶを作った。

周囲が気の毒そうな目と呆《あき》れた目をくれる。ある者は左右一対の目。またある者は顔の中心に大きくひとつ。あるいは耳が尖《とが》っていたり丸かったり、全身獣毛に覆われていたり。

ここは食酒亭。

多種族のつどう異種混街の酒場である。

「いいかげん懲りましょうよ、スタンクさん……」

たしなめるのは金髪碧眼《へきがん》の可憐《かれん》な給仕娘、否、給仕少年。

芸術家が舌なめずりでモデルにしたがる中性的美少年、天使クリムヴェール。

光の翼でふよふよ浮かんで仕事に勤《いそ》しむ姿は各方面の男女から好評だ。

「人前でそういう、その……あっちの剣の話は、せめて控えめな声でやってください」

「言っとくが一番ドデカいグレートソード持ってるのおまえだからな？」

「そ、それは関係ないでしょ！」

「正直、男として憧《あこが》れすら抱くよ……そのグレートソードでいったい何人のサキュ嬢をアへらせてきた？　デカすぎて痛がられたりしないか？　何人ぐらい治療院送りにした？」

「してませんよ！　入らないひとは最初から入らないって言いますし、入るひとはみんなすごく良かったとか、お仕事忘れちゃうとか言ってくれて……」

クリムは少々早口にまくしたてた言葉を、ふいに区切った。

興味津々というまわりの目に、赤面。メイドリーの「ゴミが増えた」と言わんばかりの冷たい視線にぶるりと震える。

「う、ううぅ……スタンクさんのバカ！」

純粋無垢《むく》な美少年（非童貞）はふくれっ面で飛び去った。

「男なら巨根は誇れよ！　あとエールおかわり！」

「うけたまわりましたッ！」

返事はヤケクソめいた大声だった。

「あんまりクリムくんイジメないでよ。仕事が荒れたら困るし」

メイドリーは半眼でスタンクをひと睨《にら》み。

水で満たした革袋をスタンクと同卓の華奢《きやしや》な男に突き出した。

「ゼル、氷お願い。あとで炒《い》り豆多めに盛ってあげるから」

「あいよ、氷嚢《ひようのう》な」

ゼルは尖った耳が特徴のエルフで、魔法を得手としている。

呪文《じゆもん》を唱えると革袋の水があっという間に氷に変わった。

メイドリーは革袋を踏みつけて氷を砕くと、スタンクの頭に載せてきた。腫《は》れあがったタンコブに冷感が染み渡る。

「これに懲りたらセクハラ全般控えるように」

「心配するな、相手を見てやってる」

「その基準がガバガバだから頭がそうなってんでしょ」

スタンクにデコピンをして業務に戻る給仕娘メイドリー。

彼女の残した氷嚢が心地よい。セクハラに暴力で応《こた》える武闘派給仕だが、相手の負傷をしっかり気遣える。いい女だ。だからこそ気軽に猥談《わいだん》を持ちかけられる。

もちろんメイドリーとて終始不機嫌なわけではない。むしろ普段は愛嬌《あいきょう》たっぷりの仕事ぶりで常連客に愛されている。明るい金髪と奔放に育ったバストも好評だが、後者は口に出すと殺意が返ってくる。そういったわかりやすい気質もスタンクは嫌いではない。

気分のいい給仕。そこそこうまい飯。

そして気の合う馬鹿が集まる食酒亭は気楽な憩いの場である。

「でまあ、股間《こかん》の剣の話だが」

「懲りないな、スタンク」

「メイドリーに聞こえないようもうちょっと声落とそうよ」

同卓のふたりが半笑いでたしなめてくる。エルフのゼルと、もうひとり。

獣毛に覆われた耳に子どもじみた小躯《しょうく》――ハーフリングの成人男性、カンチャル。

どちらも趣味をおなじくする同好の剣士である。この場合の剣士とは当然アッチの剣を持つ者であることは言うまでもない。

「でも真面目《まじめ》な話、勃起《ぼっき》すると、こう、うおおおお！　って感じの衝動が湧《わ》いてくるだろ？　ほら、ちんちんがイライラするってやつ。凶暴性というか、オラッやったるぜって」

「その凶暴性が剣ってわけか。凶暴とまで言うとピンとこないが、思考が熱っぽくはなるな」

「ボクはちょっとわかるかな。女の子を家畜みたいに貶《おとし》めたくなる感じでしょ？」

「いやおまえはちょっとSっ気強すぎるんだよ」

他愛ない雑談に花を咲かせる男一同。

メイドリーが近くを通りすがるたびに冷たい空気が漂うが、気にしない。

酒場で下品な与太話をしないで、いったいどこでするというのか。

「問題は——男の逸物は剣として、女のほうはどう表現するべきかだが」

スタンクの問題提起にゼルとカンチャルは深く考えこむ。

「そうだな……剣をハメるんだから鞘《さや》じゃないか？」

「でも鞘だと収まるのが普通すぎるというか、プレミア感がなくてグッとこないよ」

「攻撃性を向ける相手としてふさわしい表現が俺はほしいんだ」

三人はしばし言葉を封じて思考に耽《ふけ》った。

酒場の喧噪《けんそう》が右耳から左耳にするりするりと抜けていく。真剣だった。

どうでもいいことほど真剣になるのが人生を楽しむコツだ、とは二〇〇歳のエルフの言。

沈黙を破ったのは、人間基準では若者にしか見えない二〇〇歳のゼル。

「——怪物《Monster》」

長命種の一言に短命なる人間とハーフリングは目を見開いた。

「それだよ、ゼル！　怪物、モンスター！」

「女はその身に怪物を宿してる……！　たしかに女ってそういうとこあるよね！」

「言いにくいことだが、メイドリーを見て思いついた」

なるほど。たしかに彼女は暴力という名の怪物を拳《こぶし》に宿す女である。

「あいつの攻撃、殺意が強すぎるよな。まだタンコブいてぇ」

「でも激情家はあっちも情熱的って言うよね」

「目つきは氷属性だが、ベッドに入ると火属性……いや、ある意味水属性で濡れ濡れか」

「へへっ、ずいぶんと可愛《かわい》らしいモンスターちゃんだな、メイドリーめ」

「ボク的には前のモンスターより後ろのモンスターのほうが弱いタイプだと思う」

「有翼人は無精卵をちょくちょくひり出すから母性が強いって話もあるぞ」

「モンスターにだって情はあるってことだな」

「ふうん。だれがモンスターですって？」

「そりゃおまえ、食酒亭のアイドルであらせられるメイ……」

スタンクは言葉を飲みこんだ。

背後に世界の終末じみたおぞましい気配が立ちこめている。

目配せで仲間たちと示しあう。おまえが言い訳しろ、いやおまえが、いやいやおまえが。

やがて意を決し、作り笑いで振り向くのはスタンクだった。

「メイドリーの股《また》は怪物的に可愛らしいだろうなって話してた」

怪物は狂乱した。


スタンクが肌をさらせば、見事に鍛えあげた肉体に傷痕《きずあと》がいくつも刻まれている。

大半は冒険で得た名誉の負傷だが、残りは女という名の怪物につけられた勲章である。具体的にはメイドリーの仕業。

「この傷、痛かった？」

女はハチミツのように甘い声で問いかけてきた。

ベッドで仰向《あおむ》けのスタンクにしなだれかかり、優しい指遣いで頬《ほお》の擦り傷を撫《な》でてくる。

「いぢッ……ああ、痛かった。いまもまだ痛い」

「ごめんなさい……ひどいことしちゃって」

いたわりの指先が動くたび、背中の翼も連動して震える。

けれど、目が笑っていた。心配するというよりも、男の痛がる姿を愉《たの》しむ表情。

たわわな乳房を厚い胸板に擦りつけてくるのは、男を怒るに怒れなくする狡猾《こうかつ》さか。

「ここも痛そうに赤くなってるわよ？」

次いで指先が狙《ねら》うのは胸板の端。男の小粒な乳首を爪で軽く引っかく。

「くっ……！」

「痛い？　やめたほうがいい？　ねえ、どうなの、スタンク？」

「い、いや、そのままつづけてくれ」

「はぁい、乳首ちゃんかわいがってあげるね」

まぶたをなかば降ろした悪戯《いたずら》な表情に、スタンクはぞくりと心地よい鳥肌を立てた。

(男の扱いに慣れてやがるな)

乳首を引っかいて充血させると、今度は指の腹で優しくさする。胸の先に甘ったるい熱が生じて体が震えた。男であっても乳首は性感帯なのだ。

「うふふ……男のひとが気持ちよくなって、快感に支配されてる感じって、かわいくて好きなの。だから、ね？　もっとよがってくれると嬉《うれ》しいなぁ……ちゅっ」

女は乳首に吸いついた。快美なる痺《しび》れがスタンクの胸から脊椎《せきつい》へ駆け抜け、背筋が反る。

止まらない。ちゅうちゅうと吸ってくる。

吸引しながら舌先でくすぐり、時に歯で甘噛《あまが》み。

指でもうひとつの乳首を責めるのも忘れない。

「ふぅ、効くぅ……！　いつもこれぐらいスケベに奉仕してくれたらいいのになぁ」

やはりメイド服にはご奉仕が似合う。

スタンクは彼女の頭を撫で、明るめの金髪をかきあげた。

そこにはいつもの溌剌《はつらつ》笑顔も、冷淡な軽蔑《けいべつ》顔も、憤怒の形相もない。

あるのは、男との睦《むつ》みあいに頬を赤らめて執心するメスの顔。

「本当はエロいこと大好きな淫乱《いんらん》のくせに……なあ、そうだろ、メイドリー？」

「んちゅううう……ぷはっ、うふふ、バレちゃった？」

有翼人の給仕娘は口と乳首をつなぐ唾液《だえき》の糸を舌なめずりで巻き取った。

酒場では絶対に見せることのない淫蕩《いんとう》な目つきで小さく笑む。

「食酒亭の看板娘メイドリーはぁ、男だぁいすきなスケベ女なのでしたぁ、うふふ……そっちこそ、すっごくスケベな形してるじゃないの……」

彼女の見下ろす先で、性戯の剣がたくましくそそり立っていた。

「ああ、それなりに自慢の業物だ」

「反り返ってて、エラが張ってて……ごくっ」

「そんなに気になるなら触ってみろよ」

彼女の手首をつかみ、肉の剣に誘導した。

さんざんスタンクを殴ってきた手が、おっかなびっくり剣身に触れてくる。

ビクンッと剣が跳ねた。

「うわぁ、元気すぎ……女殺しの妖刀的な？」

酒場では絶対に言わないような軽口を叩《たた》いて、メイドリーは妖刀を握りしめた。

ちゅこ、ちゅこ、と柔らかにしごき、先端から垂れ落ちてきた先走りを塗り広げる。

「球体関節に砂噛《か》んだ人形みたいにビクビクしてる……ちょっと怖いぐらい」

「息がどんどん荒くなってるぞ？　そんなに怖いのか？　ん？」

メイドリーの呼吸は乱れ、小さな喘《あえ》ぎをともなっていた。肉剣をしごく手もテンポをあげていく。

奉仕のためというよりも、触り心地を確かめたくてたまらないといった手つきだ。

「ねぇ、スタンク……もっとしてほしいことない？」

男を惑わす悪戯な表情も薄れ、いつしか物欲しげな切ない表情になっている。

海綿体に響く表情だ。股の剣がグッと持ちあがる――が。

「そうだなぁ。まずはそのデカパイで俺の剣を研いでもらおうか」

「えぇー？　べつにいいけどぉ……」

メイドリーは物足りなげに唇をとがらせるが、手つきに躊躇《ちゅうちょ》はすこしもない。

ブラウスのボタンを外していくと、
ばるんっ！

飛び出した乳房が肉剣を押しつぶした。

「おっ、いい重さ」

少々ひんやりしているが、ワクワクするような重量感だった。

と思っていたら、冷たい粘液が柔乳にぶちまけられた。

「無菌培養スライムから採取して加工した特製ローションでーす」

おっぱいに粘液が揉《も》みこまれ、満遍なく行き渡る。その作業は同時に、男の逸物を谷間に迎え入れる準備でもあった。

重たくて柔らかくて粘つく峡谷で肉剣は快楽に打ち震える。

「くうーッ、やっぱデカ乳は挟むためのもんだよな……！」

「ふーん、スタンクって私の胸そんな目で見てたんだ？」

「見ないと失礼だと思ってる」

「やっぱりスタンクって最低よね」

メイドリーは半眼になるも、その視線は冷たいどころか熱を孕《はら》んでいた。

口元には悪戯な笑みまで浮かんでいる。

「さいてー男のさいてーなガチガチ棒……はぁ、さいこーにステキ」

胸に手を添え、ゆっさゆっさと揺らす。

雄肉は摩擦を受けるたびに硬度を増すが、相手は不定形の双球。斬れども突けども傷つくことはない。ただただ摩擦感に愉悦が高まっていくばかりだ。

「おッ、おッ、いきなり攻めてくるな……！」

縦横無尽に弾む乳肉の脅威に、スタンクは腰を持ちあげて胴震いをした。

初戦なので気合いが持たない。震えは胴から股に広がっていく。

だがそれは同時に、密着した女にも刺激を与える諸刃《もろは》の剣である。

「んっ、はぁ、あぁ、ビクビクンッってしてる……出しちゃうの？　びゅーびゅーしちゃう？」

出してほしくてたまらない、というとろけ顔だった。

乳揺れが小刻みになっていく。敏感な剣先を集中してこする動き。

彼女も望んでいるのだ。スタンクの最後の一撃を。

「ふぅ、ふぅ、出すぞッ、メイドリー！　おまえがヘンタイと見下して散々殴ってきた男のお下劣汁で汚れちまえ！　喰《く》らえいッ！」

股にこめていた忍耐力を一息に解き放つ。

鋭い絶頂がスタンク自身を貫いた。

たまらない充実感とともに放つ、灼熱《しゃくねつ》の男剣汁。それは谷間を瞬時に満たす。

「あんッ、熱いッ……！　えっ、嘘《うそ》っ、すっごい勢い……！」

柔らか地獄からびゅるると飛び出す白濁色。

男の憤怒と尊厳と、あと助平心を濃縮した攻撃は、彼女の口元をたしかに捉《とら》えた。

「はぁ、粘っこい……ぜんぜん切れないし……」

彼女の口元と乳房を粘液が橋渡ししている。途切れる様子はない。タフな種汁だ。

「男汁の似合う顔しやがって……！　うっ、こりゃまだ出るわ、おふッ」

スタンクは昂揚《こうよう》冷めやらぬまま、肉剣の快感をたっぷり味わった。

噴出が収まっても快感の余韻はつづく。精神的な充実感はどこまでも大きい。

――あのメイドリーを汚してやった！

しかも彼女はますます物欲しげに顔をゆるめている。

「ねえ、スタンク……まだまだ硬いよね、これ」

「してほしいことがあるなら礼儀正しくおねだりしてみろよ、メイドリー」

彼女の金髪を乱暴に撫でる。酒場でこんなことをすれば殴られてもおかしくない。

だがいまの彼女はしおらしくうなずく。

胸を開いて男剣を取り出し、汁汚れもいとわずに、ちゅっ、とキスをした。

「スタンク……して？」

「なにをしてほしいのか、もっとわかりやすく」

「あぁん、意地悪ぅ」

鼻にかかった甘える声。男剣に舌を這《は》わせ、まとわりついた液をすすり取る。

口内に取りこんだ白濁をわざわざ見せつけてきた。

「これぇ……このどろどろのやつ、メイドリーのなかにちょうだい……？」

「もう一声！」

「ワガママですねお客さん」

「素に戻らないでくれ。頼む、ここは乗ってくれ」

「でしたら――こほんッ」

咳払《せきばら》いひとつ。

「ねぇん、スタンクぅ～」

トロトロあまあまな媚《こ》び声。扇情的な上目遣い。

柔らかな尻《しり》をよじりながら、背中の翼をふりふりする。

「おねがぁい、スタンクぅ……この硬くて熱くてたくましい立派な剣で、メイドリーのお股のドスケベ怪物《モンスター》をめちゃくちゃに退治してぇんっ」

「よっしゃッ！　その依頼は俺に任せろォ！」

スタンクは勢いづいてメイドリーを押し倒した。

男の意気地《いくじ》が全身の血潮を熱くする。

彼女がみずから股を開いて怪物を露《あら》わにすれば、もはや闘志は爆発寸前。

スタンクの戦いはまだこれからだ！


スタンクの戦いは終わった。

えいやえいやと必殺の腰遣いで三回も退治してやった。

心地よい気だるさに身を委ね、となりに寝そべるメイドリーの尻を揉む。

「ふぅ……思った以上に燃えたな」

男女の関係ではない顔見知りを剣の錆《さび》にした。その感覚に酔いしれる。

背徳感はときに性衝動を何倍も激しく燃えあがらせる。

酒場でメイドリーの顔を見るのが楽しみだ。「澄ました顔してとんでもないドスケベ怪物飼ってやがるぜグヘへ」と心で下卑たい。

隣の彼女はやおら身を起こし、自分の股に手を伸ばした。

「そろそろお時間ですね……ちょっと待っててください」

「なにしてんの？」

「当店のサービスです」

ずぽん、と筒状の物体が股《また》から取り外された。どろりとスタンクの必殺汁がこぼれ落ちる。

うねうねと蠢《うごめ》く芋虫じみた代物を、彼女は水桶《みずおけ》で丹念に洗浄した。

水気をタオルで拭《ふ》くと、スタンクに手渡してくる。

「どうぞ、今回使用したマジホはお持ち帰りください」

「……そりゃどうも」

マジホとはマジカルホールの略称である。

軟質素材に伸縮吸引などの単純動作を魔法で仕込んだ魔法生物の一種。

（まあ、中古マジホを次の客に使うわけにもいかないだろうしな）

股間《こかん》のマジホにかぎらず、彼女の身体《しんたい》パーツはすべて仮初めのものにすぎない。

淫《みだ》らに振る舞った女の魂は、取り替え可能な核にだけ宿っている。

男が思うままに作り物のパーツを組みあわせ、自分好みの女体を作りあげる――そして個室で男女の戦いに挑む。そんな趣向が存在するのだ。

顔馴染《かおなじ》みにうりふたつの彼女は、服を着ると深くお辞儀をした。

「ドール・パペット・ゴーレム専門店、性のマリオネットを今後ともごひいきに」

＊

# REVIEW

## 性のマリオネット

### ◇人間　スタンク

**8**

なんでも自由に組み合わせてどんな娘でも作れるってのがウリだがかなり難しい。好みの美人描けって言われても描けないのと同じで、自作で理想を作るのは相当な造形スキルが必要だ。少なくとも自分で作ると抱きたくないブスが出来た。なので造形が得意な友達を連れて行こう。そうすれば本当に好きなように作れて夢のような店だぞ！　造形どうにかできるなら高得点。作れるやつがいないなら点数マイナス3点だ。

### ◇エルフ　ゼル

**8**

はっきりいって自分で作るのはムリだ。1時間真剣に作ってブスが出来るので絶望する。だけど作れるやつがいるならホント世界が変わるな！　どんな娘でも自由自在に製作できる。でも所詮人形だろ？　って思うかもしれないが、魂が入って動けばほとんど気にならない。質感の違いもそういう肌触りの種族と思えば特に違和感を感じないし、アソコもマジカルホール採用なので下手すると本物よりもいい具合。さらに性格も選べるので、自作が難しい以外何も欠点がない店だった。

### ◇ハーフリング　カンチャル

**10**

玄人志向の超自由度造形パーツ。本格的にどんな娘でも作れて本当に楽しい。組み合わせパーツ番号さえメモしておけば一度作った造形を再現する時間もあまりかからないし、そんな娘に好きな魂入れて抱けるのだからもう完璧だよこの店。理想の店に出会えた気分だよ。絶対何度も通うよこれ。ちなみに使ったホールはくれるので、帰宅中のお供にどうぞ。

### ◇天使　クリムヴェール

**8**

自分で作るのはムリでしたので、カンチャルさんに作ってもらいました……。作れる人が知り合いにいなくても、組み立て済みの人形が多数用意されていますので、あんまりひどいことにはならないと思います。ちなみに組み立てを初めから放棄して、組み立て済み人形から即選ぶコースだと五〇〇G割引してくれるそうです。……えーと、まあ、そのくらいで。

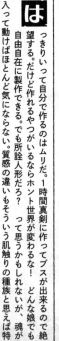

酒場の壁に貼り出された紙に男性客が群がった。

食酒亭名物、サキュバス店レビュー。

淫魔《サキュバス》の血を引く（と自称する）女性が合法的に交歓を提供する大人の社交場。多種族入り乱れるこの世界においては、そういった店も多種多様である。

店に興味はあるけど自分と相性の悪い種族だったら怖いから参考にしたい、などという気後れボーイはもちろん、単なるエロ話として愉しむ者もいる。

写しが売れればレビュアーに報酬が入る。

スタンクたちは趣味のサキュバス店通いと小銭稼ぎを両立しているのだ。

エロ話で稼いだ金で今日もうまい酒を飲めた。

「さすがにメイドリーのそっくりさんを作ったとは書けなかったな」

声量を最小限に絞って言う。

ゼルとカンチャルもメイドリーの動向を横目に確認して声を潜めた。

「知られたら鈍器じゃすまないぞ。まず間違いなく刃物が出る」

「ベッドではヒィヒィ言ってたくせにね」

三人でゲヘへと笑う。

店に向かった四人は全員、メイドリーそっくりの人形と一戦ぶちかました。

今回の大殊勲はカンチャル。人形のカスタマイズは自由度が高すぎる反面、組みあわせが非常に難しい。メイドリーの外見を再現できたのは小器用な彼のおかげだ。

なお、一度作ったボディはデフォルト人形として店に並ぶ。自分では組み立てられないので有りものを選ぶ客も多いのだという。

「今後もあいつそっくりの人形がいろんな男に抱かれると思うと……」

「申し訳ないが変なテンションになるな」

「あの人形抱いた客がここに来たらビックリするよね」

ゲへへ、ゲへへ――と、笑っていられるのは、その瞬間までだった。

肉を潰《つぶ》し骨を砕く物騒な音が酒場の一角から聞こえる。

そこに倒れ伏すのは光の翼を背負った可憐《かれん》なる天使の少年、クリムヴェール。彼もまた《性のマリオネット》に同行した仲間である。

かたわらに立つのは、メイド服の怪物《モンスター》。

狭い酒場で翼を全開にするのは威嚇のためか。

殺意に見開かれた目が、ゲへゲへ三人組を捉える。

「おい……何作ったのかちょっと詳しく聞かせろ……お前ら……」

両手に持った包丁が剣呑《けんのん》に輝いた。

この物語は股間に正直な男たちが剣一本で怪物と戦う冒険譚《たん》である。

なお、怒りのメイドリー（本物）には三人そろって完敗した。

# 第一話

# みんなでぴょんぴょん

「こういう趣味ってハズレとは縁が切れないだろ」

ゼルはそう切り出すと、エールをあおって木のジョッキをテーブルに叩《たた》きつけた。

客で賑《にぎ》わう食酒亭の真ん中で、スタンクも大きくうなずく。

「ハズレも含めてサキュバス店だからな。潰れろクソがッて気分になるのも醍醐味《だいごみ》だ。いや二度目はないし金は返してほしくなるけど」

「最近は鬱憤《うっぷん》をレビューって形で昇華できるからいい。だがレビューをはじめる以前のハズレは、頭の隅にやたらとこびりついてるというか……」

エルフという種族は寿命がおそろしく長い。ただ長命であるばかりか、見た目は青年期の若々しさが保たれる。死の瞬間まで老けることはない。

だが、いくら若く見えようとも、長い時を生きていれば人生経験も増えるもの。

ハズレを踏んだ回数はスタンクの比ではなかろう。

「さっきふと思い出したんだが……」

遠い目の先にあるのは、人間には計り知れない時の流れか。

「初心者のころ興味本位でキャクトゥルシアの店に入ったことがあってな」

「キャク……なんだって？」

スタンクは聞き覚えのない名前に眉《まゆ》をひそめた。

「エルフ語でサボテン系の植物人のことだ」

「もうオチが読めた気がするぞ」

「さすがに俺だって無防備に抱きついたりはしてないからな。全身ガチガチに硬度をあげる魔法を付与して対戦したんだが……」

　ぶるり、とゼルはおぞましげに身震いする。

「刺さらなかったけど、刺さった」

「どういうことだよ」

「その、要するにだ。入ったというか。つまるところ…………尿道に」

「やめろ、わかった。もう聞きたくない」

　絶対に共有したくない想《おも》い出だった。

「本当にわかるのか？　魔法が解けた瞬間に内側から貫かれるであろう戦慄《せんりつ》。さいわいにも硬度バフで逸物の内側までガチガチだったから、半泣きでシコッて絶頂とともにトゲを射出した。……恐怖でオナニーするなんて後にも先にもあのときだけだったよ、はは」

　痛みを想像して股間を押さえる者が続出した。

「でもまあ、そこそこの店よりハズレのほうが記憶には残るよね」

　カンチャルがとなりのテーブルから話に加わってきた。

　椅子に座ると床に足がつかない短身ながら、彼も立派な成人男性。エルフほどの寿命はないが、見た目はずっと若々しい。そんなハーフリングが大人の悲哀をにじませ苦笑する。

「一度、ベヒーモスの嬢にお相手してもらったんだけど」

「お、それはレアだな」

ベヒーモス娘は獣人のなかでもとりわけ巨大な種だ。小柄な者でも5mはあり、個体によっては山脈サイズという真偽不明の噂話《うわさ》もある。

「そのデカくて余裕ぶった顔、ボクのテクで無様なアヘ顔に変えてやるよ……なんてワクワクしてたのも最初だけでね。もう、すッッッッッッッッッごく、無反応。マグロ。乳首に全身でしがみついてねじあげる必殺カンチャルツイスターも駄目。アソコのなかに全身で突入してダンサブルに動きまわる必殺ブレイクカンチャルも通用しなくて……」

く、と彼は悔しげに歯がみをした。

「時間がきて帰り支度をはじめるころ、ようやくアハーンって。遅いよ！」

「あー、デカいから快感がまわるまで時間がかかるのか」

「しかも髪と耳に愛液が染みこんだみたいで、一〇日は匂《にお》いが取れなかったよ」

その後日談に「うぷっ」と吐き気を催すのは、おなじく隣卓の毛むくじゃら。

筋骨たくましい犬獣人、ブルーズ。

口吻《マズル》つきの犬顔を見ればわかるとおり、嗅覚《きゅうかく》がとても鋭い。

「いまでこそワシも嬢の匂いには警戒しているが、初心者のころは店のほうが気を遣って当然だと思っていた。だからクズリ娘専門店に行ったときは死ぬかと」

「なんでよりにもよってクズリなんだよ。イタチ系だろ、アイツら」

「いや、だから初心者だったんだよ。まさかあのくっさい腺液《せんえき》をぶちまけてくるドM向けの店があるなんて思いもよらず……」

ブルーズは鼻をぐずぐずと鳴らした。すっかりトラウマになっているらしい。

イタチ系の獣人は悪臭の体液を放つことと、小柄さと裏腹の気の強さで知られる。とくに大型種のクズリやラーテルは凶暴さに定評がある。通常のＳＭ店なら超ハードコースの女王様しか務まらず、客に「どんな負傷を負っても責任は一切問わない」という誓約書を書かせるとか。

「ま、予備知識がないと凶暴な種なんてわからないからな」

スタンクの背後のテーブルから新手のオスが参入した。

ラミアのナルガミ。下半身が蛇の尾で、とぐろを巻けば椅子いらず。

「レッドキャップってわかるか？　見た目はハーフリングよりちょっと大きい程度の種族で、なにかあっても尻尾《しっぽ》で巻きあげればどうにでもなる……と思ってたんだけどなぁ」

まぶたを半閉じで自嘲《じちょう》的に笑う。

「……トラウマでなんも思い出したくないわ」

レッドキャップ。

エルフやハーフリングに近い妖精《ようせい》種で、その性質は端的に言い表される。

――血の赤を好む。

人間が見下ろす程度の小柄さで斧《おの》やナイフをたくみに扱い、命を切り裂く。獲物は獣よりも知性種がいい。対話のための言葉が失われるほど悲鳴をあげさせるのが楽しい。

そう、娯楽である。生きるために凶暴さを振るうクズリとはまた話が違う。

「そもそもレッドキャップってサキュ嬢やるような種族だったっけ」

スタンクも話に聞いただけで会ったことはない。会えば股間の剣でなく本物の剣で立ち向かうべき相手だと思っていたのだが。

「一部のレッドキャップは凶暴さを性行為で発散できるらしい」

「さっきの話だとやっぱり凶暴って流れじゃなかったか？」

「交尾で男を徹底的に打ち負かして発散するんだよ……」

ナルガミは深くうなだれた。

「散々なぶられた挙げ句、俺はヘビじゃなくて犬ですって言わされた……ちくしょう……」

「待ってくれ、なんで犬が蔑称《べっしょう》みたいになっとるんだ」

「噛《か》み跡と青あざが体中にできて、痛みが引くまで毎晩悪夢を見たよ……」

犬獣人代表ブルーズの異議申し立ては軽く流された。

ふむん、と興味深そうに声をあげるのは、ナルガミの向かいに座る青肌双角の青年。

魔界の住人、悪魔サムターン。

「ハズレハズレとみなは言うが、単に店の見極めが甘いというだけではないのか？　事前に調べあげておけば、どういう店でどんな嬢がいるかはわかることだろう」

「つっても、たまに悪質な店もあるからなぁ」

「だからこそ店の提供する情報に不審な点がないか目を皿にして調べるのだ。もし明確な虚偽があれば役所に報告するし慰謝料も請求する。それで済む話だ」

「悪魔がまっとうな正論を口にするとメチャクチャうさん臭いんだが」

「悪魔ほど律儀な種族はないと言っておく」

サムターンは至極当然とばかりに真顔だった。

「しかし嘘《うそ》は言ってなくても詐欺じみた店ってのもあるぞ」

スタンクは過去の体験に思いを馳《は》せた。

まだ目がキラキラしていた若き日の想い出である。

「ハメ撮りフリーって売り文句に釣られて入った店なんだが……」

受付で手の平サイズの「カメラ」なる器具を渡された。動画撮影用の水晶を組みこんだ木製品で、ボタンを押せば録画が開始する。動画を保存した水晶はややお高めだが、ちょうど高難度の依頼を済ませたばかりで懐に余裕もあった。

「そこにアシュラの嬢がいてな、迷わず選んだ」

「え、アシュラ？　このあたりじゃ相当レアだぞ。どこの店だよ、今度教えてくれ」

ゼルが結構な勢いで食いついてきた。

アシュラは東方に生息する種族で、多面多臂《ひ》の屈強な戦士として知られる。

ストイックな荒武者でありながら独特の魔法を操る者もいて、時に哲学者にもなるという。

「顔と手の数は個体によって違うって話だが、俺のお相手は三面六手の嬢でな」

「ああ、顔の数は魔力の強さに直結するって話だな。どこの店だ？」

「店のことはあとで教える。アシュラってのは顔ごとに感情が偏るらしくて、俺が相手してもらった子は笑い、冷血、アヘ顔の三種類で――」

「表情筋によって呪《じゅ》文《もん》詠唱に差が出るかもな。いや、気息の違いか？」

「どんだけ食いつくんだよおまえ」

未知の種族とのＨにはスタンクも燃えるが、ゼルは生態や魔力の質にも興味を持つタイプだ。

こほん、と咳払《せきばら》いでゼルを牽制《けんせい》する。

「さあ、いざ本番のハメ撮りタイムだ。アシュラ嬢は二手で俺の顔を撫《な》で、べつの二手で俺の乳首と尻《しり》をさすり、そして——最後の二手でカメラを向けてきて」

スタンクは笑顔でカメラを構えるジェスチャーをした。

「ハイお客さんWピースどーぞー！　ってオマエが撮るのかよ！」

どっと場が沸いた。

ゼルだけは得心顔でうむうむとうなずく。

「なるほど、六本腕の有効活用だな」

「三面も有効活用しろよ！　なんのためにアヘ顔ついてんだよ！」

「で、したのかスタンク、Wピースを」

「したよ、勢いで！　引きつった笑みとWピースがムービーにしっかり残ってるよ！」

当時はまだ若かった。そういう店だと思って流されてしまった。

いまならカメラを奪ってアヘ顔六手《シックス》ピースをさせていただろうに。

若き日の過ちはほろ苦くも、ほんのすこし心地よい。純粋だったころの自分を懐かしむほど年を取っているとは認めたくないけれど——まわりも共感するようにおなじ目をしていた。

「みんなこうして大きくなっていく……おまえもいずれこうなるんだ、クリム」

「なんでボクに飛び火するんですか！」

通りかかった給仕天使は心外そうに声を張りあげた。

気になって聞き耳を立てていたくせに。

アへ顔のくだりでちょっと噴き出していたくせに。

「まあハズレなんて狙《ねら》ってつかむもんじゃない。数をこなしてたら自然と踏んでるもんだ。そうして男は本物を見極める目を持つんだ」

「いまでもときどき変なお店に入って後悔してるじゃないですか……」

「世界はそれだけ広いってことだ。それでも鉄板のアタリ店っていうのはあるしな」

たとえばエルフ専門店。なにせ見た目が若々しく顔面偏差値も高い。スタイルもいい。デブ専ブス専でなければ外しようがない。

……というのは人間にとっての話。

同種のエルフからすればマナの流れで実年齢がわかるらしい。なまじ数の多い人間にウケるので、ゼルの母親より年長の高齢サキュバス嬢も珍しくない。地獄である。

「それじゃ、今日は鉄板の店でも行ってみようか」

カンチャルが小さな体で椅子から飛び降りた。

「いい店に心当たりでもあるのか？」

「最近この近くにウサギ獣人のお店がオープンしたんだって」

「バニーちゃんか。たしかに可愛《かわい》くてエロに積極的でいいっちゃいいんだが……」

「あいつら気持ちよくなることしか考えてないから、情緒とか風情に欠けるんだよなぁ」

スタンクとゼルはすこし逡巡《しゅんじゅん》した。

が、ちらりとクリムを見て考えなおす。

「ウサギさん……長い耳……」

頬《ほお》を赤らめ、細い脚をもじもじさせている。まるで乙女の照れるがごとし。

実際には股間《こかん》の大剣がうずいているのだろうが。

「よし、なら行くか、クリム！」

「若いうちに良いもん食っといたほうがいいからな！」

「え、あの、ボクまだ仕事が……」

「メイドリーがいるから大丈夫でしょ。急げ急げー！」

スタンク、ゼル、カンチャルは三人がかりでクリムを拉致《らち》し、食酒亭を飛び出した。

思い勃《た》ったが吉日である。


店の看板には可愛らしいウサギが大量に描かれていた。

《ウサギちゃんとなかよくあそぼう――みんなでぴょんぴょん》

店名は最後の《みんなでぴょんぴょん》だろう。

入店してみれば、なるほど長い耳がぴょんぴょん跳ねていた。

客がきたのに気づくと、一斉に群がってくる。

「わあ、お客さんだー！」

「四人もお客さんきちゃった！」

「えへへ、あそぼあそぼ？」

「気持ちいいことしよっ、たくさんしよっ」

受付に通るまえから零距離《ゼロ》でもみくちゃにされた。

長い耳と短い尻尾のウサギ娘たち。

ただしその耳の先は、総じてスタンクの顎《あご》より低い場所にある。

「おい、なんかちっちゃいぞ……」

「ドワーフラビット専門店かよ……」

「あー、下調べ足りなかったなぁ。サムターンの言うとおりだったね……」

ドワーフラビットはアナウサギ獣人の亜種である。その名のとおり矮小《ドワーフ》な体躯《たいく》が特徴で、外見からは成人と未成年の区別もつかない。もちろんサキュバス店の従業員は成人女性に限られる。さすがに子どもにやらせていい仕事ではない。

してみると、無邪気な態度でじゃれついてくるのも演技だろうか。サービスと言ってもいい。わざわざドラーフラビット店に来るのは大半がそういう趣味の、アレだろうから。

「かわいいけど……なんだか想像してたのとちょっと違うかも……」

クリムも心なしか落胆気味だ。お色気たっぷりのバニーガールでも想像していたのか。

暗い顔の美少年にちいちゃなウサギたちが押し寄せる。

「わ、うわっ、な、なんですか！」

「元気ない？　元気出ることとする？　きもちよーくぴょんぴょんする？」

「あのねー、当店ではねー、多彩なこすちゅーむを使ってー」

「えきさいてぃんぐなぴょんぴょん体験をたのしめるんでーす」

「いえーい！　ぴょんぴょんハメハメー！」

あまりにも直接的なアピールに、奥手なクリムは閉口していた。

「どしたの？　したくないの？」

「したくないわけないよね。男の子だもんね。ヤリたい盛りだもんねっ」

「じゃあヤろ！　ぴょんぴょんパコパコぴゅっぴゅしよ！」

「はやくーはやくー、お部屋でぴょんぴょんーっ」

群がる小ウサギたちは男たちの股《また》に視線を注ぎ、ハァハァと息を乱していた。

「さすがアナウサギ獣人……小さく見えても年中発情期か」

想定していたエロバニーではないが、これはこれで、とスタンクは考えなおした。

(どうせなら全力で満喫しよう)

サキュバス店は多種多様であり、売りも店ごとに違ってくる。自分の趣味に重きを置きすぎるよりも、店の特色をありのまま味わったほうがいい。それがサキュバス嬢への敬意であり、サキュバス店を愉《たの》しむコツだ。

甘く色づく吐息に囲まれながら、スタンクは冷静な目で「彼女」を見つけ出した。

「俺はその子とぴょんぴょんしよう」

「即断かよスタンク」

「早いもん勝ちってやつだ」

スタンクはぎちぎちの密集ウサギからひとりを選び、腋《わき》に手を差しこんで持ちあげた。

「やったー！　お客さんお目がたかーい！」

桃色髪のくるくるヘアーが愛らしく、喜ぶ声も見た目相応に無邪気。背丈のわりには少々重たいが、剣士として鍛えた腕力で持ちこたえる。

仲間たちの息を呑《の》む声が聞こえた。

「あのね、チミナちゃんはね、おっぱいがこのお店でいっちばん大きいのです！」

彼女の頭より確実に大きなふたつの乳房。

群れのなかで埋没していたものが、いまは元気よく跳ねている。

長身のスタンクだからこそ、より高い場所から見つけ出すことのできたお宝だ。

（ロリ系もたまにはいいけど、今日はデカい系の気分だったからな）

いくら良いものであろうと、期待と真逆では股間の剣が惑ってしまう。

そこで折衷、ロリ巨乳。

上機嫌でチミナをお姫さまだっこにした。

「わぁ、おひめさまだっこ……！　えへへ、チミナおひめさまっ」

「じゃ、お姫さまっぽいコスチュームでぴょんぴょんするか」

「するするー！　わらわは即ハメＯＫぞよ！」

「お姫さまそういうこと言わなくない？」

スタンクはプレイルームへ足を運んだ。


サキュバス嬢は国に権利を認められたまっとうな職業である。

男に快楽を与え、代価として金銭と精を頂戴《ちょうだい》する。

精はサキュバスが生きるために必須《ひっす》の栄養素だ。それを否定すれば生きる権利すら否定することになる。かと言って、無制限に交歓を許しては風紀が乱れてしまう。サキュバス店という形式を国が許可したのは管理のしやすさも考えてのことだろう。

ただ、そこには大人の事情というものがあって。

厳密に言えば、サキュバス店の従業員はおおむね純正のサキュバスではない。

たいていの知性種は家系図をたどればサキュバスのひとりやふたりは混ざる。だから何割かはサキュバスの血をひいてますよ、という建前で性の娯楽を提供するのだ。

しかし、である。

年中発情期のアナウサギ獣人は純正サキュバスと大差ない淫性《いんせい》を発揮する。

チミナが小尻を突き出し、つま先でぴょんぴょこ跳ねるのも致し方ないことである。

「着替えました！　ぴょんぴょんハメハメしちゃおー！」

「俺もエロには素直なほうだけど、キミらちょっと直接的すぎない？」

「えー、だってえろえろ好きだしー。気持ちいーこといっぱいしたいしー。ねー、ハメて？　パコッて？　そのためのお店なんだからぁ、はやくはやくー、ねーねー」

「とりあえずコスチュームを活《い》かしてくれ、頼む」

店の売りが衣装選びとイメージプレイなら、そこは疎《おろそ》かにしたくない。特色を味わう気がなければわざわざ異種族のサキュバス店に来たりはしない。

ただ、言葉は悪いが所詮《しょせん》はサキュバス店。お姫さま用とされていたドレスは生地が安っぽく、あちこちほつれていた。どこの貧乏貴族か。

そこで発想の転換。

複数の衣装を組みあわせ、貴族の外出用軽装という趣を出してみた。

フリルをあしらった白ブラウスにコルセットスカート、ショートブーツ。いかにも動きやすく、上品な仕立てに見えなくもない。スカートの短さはご愛敬《あいきょう》。さらにコルセットスカートは腰を絞って乳房を押し出す効果がある。彼女の放埓《ほうらつ》なバストにぴったりの出《い》で立《た》ちだ。

「えーと、お姫さまらしく、お姫さまらしく……」

チミナは頭に両手の人差し指を当て、長耳をぴょこぴょこ動かした。熟考の構えか。

ん！　とうなずき、柔胸を弾ませる。

「これ、そこの男、わらわとセックスしろでおじゃる？」

「無理に凝りすぎなくていいから。一人称わたくし、語尾はですます口調ぐらいで」

「わたくしおちんぽ大好きです！　パコパコしたいです！」

「よーし、いい調子だ。口調はそれでいいってことにするから、今度はシチュを考えていこう。だいじょうぶ、キミはできる子だ」

チミナに演技力がないのはよくわかった。ならば状況設定を整えることで自然とそれっぽい雰囲気を醸し出したい。

できれば最低限の慎みがほしいのだ。高貴なお姫さまにこんなお下品なおっぱいがついてるなんてなグヘへ、という下克上愚民プレイがしてみたい。

「まずは部屋の端から胸を張って歩いてきて、俺のまえで立ち止まって……」

「うん、うんうん……わかるわかる、チミナちゃんわかっちゃう」

話の最中、股間をガン見してくるのはもう仕方ないとして。

一通り説明を終えると、ふたりはプレイルームの端と端に分かれた。

チミナが背筋を伸ばして歩いてくる。

だぷんっ、だぷんっ、と双子玉が元気に躍る。

（すさまじいサイズだな……人間の大人につけても目立つサイズじゃないか？）

見たところ胸以外は背丈相応に可愛らしい体型をしている。腰つきには起伏がなく、脚の肉づきも人間の成人女性とは比べものにならない薄さだ。

いまにも揺れ乳に重心を持っていかれそうなのに、姿勢がブレることはない。

体幹が見た目以上に強いのだろう。交尾向きの強さだ。

「ちょっと、そこの平民くん」

立ち止まると、勢いあまった乳房が彼女の口元まで跳ねる。すげぇ、と心で感嘆した。

めいっぱい体を反らして見あげてくる。ぐぐっと胸が持ちあがる。すげぇ。

スタンクは見下ろしながらも圧倒される心持ちで揉《も》み手《で》をした。

「へい、なんでしょう、おきれいなお姫さま」

「あ、チミナきれい？　えへへ、かわいいじゃなくてキレイって言われるのひさしぶり」

「演技忘れないで」

「こほんっ」

チミナは咳払《せきばら》いでなく口でそう言って、演技を再開した。

「そこの平民くん、道案内をなさい」

「へい、お姫さま。ケチな冒険者のあっしに任せてくだせぇ、ぐへへへへへ」

下心しかないゲス野郎になりきる。それって普段の俺じゃねーのと思わなくもない。

「ありがとうございます。では、どこかセッ……休憩できる場所で、パコパ……ゆっくりくつろいで、ハメ……すこしお遊戯でもしてみたいでックス」

「……へい、お任せくださいお姫さま」

細かいミスはスルーすることに決めた。キリがない。

「ではお姫さまのご負担を減らすため、すこしばかり失礼をば、ぐへへ」

スタンクは彼女の横に並び、腋に手を差しこんだ。指先が横乳に深く沈む。むちむち感が指の皮膚から肉に浸透する。脳が震える。嗚呼《ああ》、デカパイ万歳。

「こうやって支えて歩くから人混みでも安心でさぁ、お姫さま」

「ん、ナイスな手つきですね。とってもおスケベで、おじょうず！　おほほほほ！」

「……げへへ」

ツッコミを入れるよりも笑って流す。

目的地はすぐ目の前にある。ベッドだ。

「とーちゃくです！」

「おやおや、こちらすこし汚れているご様子。あっしが敷物になりましょう」

スタンクはベッドの縁に座り、自身の太ももを叩《たた》いて姫君を招く。

ぽすん、とチミナはスタンクの膝《ひざ》に座った。

「うん、いい座り心地です。お尻《しり》に硬くて熱いものが当たって、ふぅ、ふぅ、えへへ、ほんとかったい……おっきいしあついし、あー、やっべ、ウキウキのドキドキです、じゅるり」

息を乱してヨダレをすするウサ耳プリンセス。わざわざ事前に香水で上品な匂《にお》いをまとっておきながら、性根のスケベさを隠しきれない。

そういう生態の種族である以上は致し方ないことであるとはいえ――

（いや、深く考えるな。軽いノリでバカになりきるんだ）

スタンクはズボンの紐《ひも》をほどいた。ぐへへ、とまた下卑る。

「こちら特製のマッサージ棒でして、ほうら、グリグリしちゃいますよぅ」

右尻と左尻を交互に持ちあげるようにして腰をよじった。

ウサギ娘は小さな体を大げさに揺らして歓声をあげる。

「わっ、あははっ、揺れてる揺れてるっ、たのしーです！」

「そうっすねぇ、揺れてるっすねぇ」

ゆっさゆっさと振り子運動をする柔乳は、背後から見下ろしても一目瞭然《いちもくりょうぜん》。頭にまわるはずの栄養すべて頂戴しました、と言わんばかりの肉量である。なまじチミナ本体がちみっこいので、なおのこと相対的に大きく見えた。

「プリンセスは実にご立派なお胸を持っておられる」

「よく言われるー。男のひとみーんなチミナのおっぱいじーって見るんだよね、ですわ。もう困っちゃいますわ、いやんいやん」

チミナは頬《ほお》に手を当てて嬉《うれ》しげに身をくねらせる。小尻をスタンクの股に擦りつける動きだった。

節操なく膨らんだ肉剣に、ズボン越しの圧迫と摩擦が襲いかかる。心地よい。

だがいまは股の刃よりも、手指がうずいて仕方がない。

「あまり動くと落ちてしまいますよ、お姫さま。支えてさしあげましょう」

「よっしゃ、待っとったでぇ……ですことよ！」

「お姫さまは愉快な言葉遣いをするお方ですな！」

たまに突っこまないとやっぱり苦しい。よくも苦しめやがって、とスタンクは激情を込めて両手を彼女の腋に差しこむ。狙《ねら》いはもちろん元気にぴょんぴょんする双子玉。

握りしめた。

「んきゅッ！」

チミナはもとから狭い肩をさらに縮めた。

腕のあいだで押し出された胸乳は、超重量級の負荷でスタンクの手に反撃する。ずっしり重たい。

重さのぶんだけ指が沈む。突き刺さるように埋もれていく。

しかしスタンクの指は屈しない。重みに負けて飲まれるほど軟弱ではないのだ。

「せっかくだから、こちらもマッサージしましょう」

指にのしかかる重みをたくみに逸《そ》らす。

ぷるんっと肉乳が転倒するように弾んだ。

すかさずスタンクはブラウス越しの丸み全体を手の平で撫《な》でた。

「ひゃっ、あぁ、あはっ、くすぐったいですよぉ」

「まずは全体をなでなでして血の巡りをよくしていくんです。いえ、けっしてやましいことはありません。これはただのマッサージですから」

さすりまわす。上から下まで、右から左まで。加える圧力は羽毛ほど。

男が愉しむ以上に女を悦《よろこ》ばせる触り方だった。

最初はくすぐったそうに笑っていたチミナも、すぐに恍惚《こうこつ》とした声をあげる。

「はぁ……んっ、ふぅ、あふぅ、あぁ……」

性感神経は皮膚下の浅い部分を通る。触れるか触れないかの刺激で火照らせれば、感度も自然とあがっていく。上々に仕上がってきたところで、

「よっと」

下乳を手の平でぐっとすくいあげた。

重みがずしりと腕にのしかかる。やはりすさまじく重たい。全体をさするのは乳房のサイズを確認する意味もあったが、大きさに見合った重量である。

だがその重みに強烈なダメージを受けたのは、スタンク以上にチミナ自身だった。

「はぁあッ……おっぱい鳥肌立っちゃう、です……！」

小柄な総身が震えている。ウサ耳までヒクヒクしていた。

昂《たか》ぶった性感が皮膚下から肉全体に広がった証左だ。

胸の先端には露骨な弱点が浮きあがっていた。

「おおっとぉ？　このぽっちりしたのはなにかなぁ？」

かすかに透けて見える桃色を、指の腹でクリクリといじる。

「んっ、乳首です、あんッ」

「おーおー、どんどん膨らんでくな。こりゃいじめ甲斐《がい》があるわ」

「やっ、やんっ、イジメとかそういうの、やッ。可愛がってくださいっ、ぷー！」

チミナはぷくっと頬を膨らませた。子どもっぽい表情が天然なのか演技なのかはわからないが、

いとけない顔立ちにはぴったりだ。

（この場合はいじめるのも可愛がるのも大差ないんだけど）

説明しても興が削《そ》がれる。合わせておくことにした。

「わかりましたよ、お姫さま。デカパイをカワイイカワイイして差しあげましょう」

「えへへぇ、可愛がってもらうの好きー」

ご要望のとおり、乳首を優しくつまんだ。

服の裏地を押しつけるようにさする。

みるみる充血して、これで可愛いはないんじゃないのぉ？　というぐらい膨らむ。

「はぁあん……おっぱいジンジンしちゃうですぅ……！」

性と無縁に見える童顔が快楽に呆《ほう》けていく。こういったギャップは燃えるものだ。清楚《せいそ》な顔やら高慢な顔やら戦士の顔がとろける瞬間の「俺がこいつをメスにしてやった」という充実感は男の誉れと言ってもいい。

スタンクもまた熱に浮かされていく。

乳首をつまんだまま、すこし乱暴に揉みしだいて肉の大地を攪拌《かくはん》した。

「あっ、あぁ……！　平民さんっ、指、すっごぉい……！　ゴリラみたい……！」

「オーガ女にもベッドで力負けしないよう鍛えあげた十指ですよ、お姫さま」

スタンクは小指だけでも指立て伏せができる。器用さで言えばハーフリングのカンチャルに劣るが、そのぶんパワーには自信があった。

ブラウスが皺《しわ》になるほど力強く揉んだ。同時に乳首をすこしキツめに締めあげたり、放して手の平で雑に擦りこねたり、指の腹でノックしたり。

ぎゅぎゅっと、とびきり強くねじあげた。

「んんんッ……！　んーッ！　んぁあーッ……！」

膝のうえの小さなお尻が激しく震える。全身全霊で悶《もだ》えている。

一本取ったということだ。

「どうです、お姫さま。平民のおっぱいマッサージは」

「さ、最高でしたぁ……えへへぇ、最後のぎゅーってやつ、好きぃ……ありがとね」

感謝の気持ちは小尻の擦りつけで返ってきた。

ズボン越しの刺激に、く、とスタンクは愉悦の声を押し殺す。

「おやおやあ？　平民さん、かわいい声を出すんですね？」

前のめりの姿勢から振り向いたとき、ウサギ娘はひどく淫靡《いんび》な流し目をしていた。

「どうしたんですか？　平民さん、はぁはぁしてますよ？」

腰のくねりが前後動に変わると、スタンクのズボンがずり降ろされていく。

おそらく小さな彼女を膝に乗せる客は多いのだろう。だからサービスとして、手を使わずに尻だけで相手を脱がせる技術を身につけた、と。

いくら幼く見えても、やはりチミナはプロのサキュバス嬢なのだ。

（まあ、そうくると思ってズボンの紐ほどいたんだけど）

スタンクとて儲《もう》けの大半をサキュバス店に注《つ》ぎこむ遊び人。相手の仕種《しぐさ》から出来る出来ないを見《み》出《いだ》す目は持ちあわせている。

びょいんっ。

ズボンから肉剣が屹立《きつりつ》し、ウサギ娘の脚の間に顔を出した。

「うぴゃッ……！　すっげぇゴッツいの出てきたぁ……！」

「これが特製マッサージ棒でございやす。いかがですか、お姫さま」

「うん、すっげぇです……じゅるっ、ごくんっ。めちゃくちゃウマそう……食いてぇ……」

「はいどうどう、お姫さま落ち着いて」

スタンクは自重を促しながらも、彼女の胸をしつこく揉んだ。

「んっ、あぁ、すぐにでも入れたいけどぉ……平民さん、おっぱいいじり上手だからぁ……チミナもおっぱい上手なとこ見せてあげるね」

チミナはスタンクの膝から飛び降りた。

くるりと振り向く。たゆんと胸が揺れる。向きあうとやはりデカい。

「平民さんも立って、立って」

言われるまま立ちあがると、彼女の意図がすぐに理解できた。

人間基準で長身のスタンクと、ごく小柄なチミナ。

立ったまま対峙《たいじ》すると、前者の腰と後者の胸がおなじ高さなのだ。

「えへへぇ……お姫さまからえらい平民さんにご褒美でーす」

チミナはブラウスの胸ボタンをふたつ外した。

むりゅ、と肉乳が隙間《すきま》から盛りあがって谷間が露《あら》わになる。

「えーいッ」

半歩、彼女が踏み出す動きを、スタンクは見極めながらも看過した。

肉剣の切っ先が谷間にぶつかる。鈴口から漏れた腺液《せんえき》と、乳膚の帯びた汗が潤滑油になり、
ぶりゅッ！

期待どおりの肉圧にスタンクの敏感部分が飲みこまれていく。

（く、悔しいがこのオッパイ、思った以上に強いぞ……！）

ブラウスの内側に乳房がみっちり詰まっていて、万遍なく肉剣を揉《も》みこんでくる。彼女の呼吸にあわせて微震するのも痛烈な責め苦だった。快楽の痺《しび》れが腰にまで広がる。油断すれば一瞬で決壊してしまいそうだ。

「えへへぇ、たのしーね。平民さんもたのしんでる？」

チミナは手首で双乳を左右から押しつぶした。圧迫感がスタンクを締めつける。

「ぐ、たのしい……！」

「立ったままおっぱいで挟んであげると人間さんって悦んでくれるんですよねー」

「た、たしかにこの身長差パイズリははじめてかもしれない……！」

「まだまだだよー、ここからが本番……ぴょんッ」

チミナが跳ねる。オッパイが天地を衝《つ》く。

カカトをあげ、すぐに降ろす――ごくわずかな挙動がそれほどの揺れを呼んだのだ。

「まだまだいきますよぉ……ぴょんぴょんッ！」

「ほおぅッ！　ね、根元まで持っていかれそうだ……！」

「ぴょんぴょんぴょんぴょんッ！」

「おへッ、ぬはッ、んほぉッ」

チミナのパイズリは躍動範囲が並外れていた。

考えてみれば当然だ。尋常のパイズリであれば使えるのは腰から上。だが立っていれば下半身をすべて使える。カカトと膝《ひざ》の動きが加わるだけで想像を絶する効果があった。

それらの効果を余すところなく反映する容量が、チミナの爆乳には備わっている。ブラウスの締めつけがあるから手で支える必要もない。弾むがままの大暴れだ。

「お、おそるべし、ぴょんぴょんパイズリ……！」

「まだまだだよぉ、ほーら横ぴょんぴょん！」

「ぐへッ、気持ちいいッ」

「えいえいッ、前後ぴょんぴょんっ！」

「んぉおおぉッ、ぎもぢいいッ！」

「ランダムぴょんぴょんッ！」

「効くッ！　効ぐッ！　ふぐぅうッ、負けてたまるかぁ……！」

彼女の白いブラウスは漏れに漏れた先走り汁で染みだらけになっていた。

スタンクの股《また》ぐらはと言えば、追いこまれてパンパンに膨れている。いつ爆発してもおかしくないが、できればもうすこし堪《こら》えたい。だって、もったいないから。

頭のつむじが見える体格差からの極上ぴょんぴょんパイズリとなれば、希少性も高い。

他種にはない魅力――これこそが異種族サキュバス店の醍醐《だいご》味《み》だ。

「も、もっと、もっとぴょんぴょんしてくれ、お姫さま……！」

「うん、いーよ。いーですよ。チミナね、気持ちよくしてくれたひとが、気持ちいーって顔してくれると、とってもうれしいなって思うの。だから……」

チミナはスタンクの両手を握った。豆粒のように小さな指が無骨な大人の指に絡みつく。

ぴょんぴょん大攻勢がはじまった。

「ぴょんぴょんッ、ぴょんッ、ぴょんぴょんッ」

乳肉が暴れ狂う。ただ乱雑に動きまわるだけではない。結合が抜けないギリギリの範囲を見極めている。子どものお遊戯でなくプロの手練《しゅれん》だ。

肉厚なむちむち地獄に囚《とら》われた肉剣は快楽の鎖に搦《から》めとられ、もはや抵抗もできない。

灼熱《しゃくねつ》が一気にこみあげてきた。

「ちっくしょう、ぴょんぴょん最高ォ……ッ！」

スタンクは観念して断末魔の声をあげた。

爆《は》ぜる。

びゅるるん、びゅーッ、びゅーッ、と甘美な敗北汁を吐出しつづける。

「わあ、あったかぁい……チミナ、これ好きです……大好き……えへへ。ぬるぬるべとべと、気持ちいーですよ、平民さん」

チミナは顔に汗を浮かべて無邪気に笑った。

それでいて、乳肉を腕でぎゅっぎゅと締めつけて男の尊厳を搾り取ることも忘れない。

ブラウスに生臭い染みが広がれば、くすぐったそうに身じろぎする。

「平民さん……まだ硬いね。よっしゃ、ヤろ！」

「やりますか、ドスケベ姫さま」

「ヤるヤるー！　ですわ！　スーパースケベタイムですことよ！」

現在一勝一敗。真の勝負はここからだ。

姫君の権威を尊重すれば、騎乗位以外の体位は考えられなかった。

スタンクは服をすべて脱ぎ捨てて仰向《あおむ》けに横たわる。

チミナは着衣のままスタンクの腰にまたがる。

「んじゃんじゃ、さっそくいただきまーす」

肉剣に手を添えて小造りな裂け目にあてがい、臆《おく》することなく身を沈めてきた。

鼻孔ほどの入り口は柔軟に広がってスタンクの剛剣を飲みこんでいく。

いつ裂けてもおかしくないサイズ差のように見えるが、ウサギ娘は感嘆の声をあげていた。

「あっはぁ、ぶっとぉい……！」

「うへへ、どんなもんですかい、お姫さま。このたびの献上品の使い心地は」

「んーとね、大アタリって感じ！　んっ、あふッ、ぎっちぎちに埋まって、段差がすっごい引っかかって、えへ、うへへ、これホントにぜんぶ食べちゃっていいの？」

「丸ごとお姫さまのものですぜ、ぐへへへへ」

「やーん、ラッキー！　ちょーぜーたくですわ！　この仕事やっててよかったぁ！」

無毛の股が筋骨たくましいスタンクの股に降着した。

剣身をお腹いっぱいに頬張《ほおば》ってもまだ足りないというように、細腰をよじりだす。

ぐーりぐーりと、自身の柔穴を拡張するような捻転《ねんてん》運動。

結合部はスカートに隠れて見えない。ぼっちゅ、ぼっちゅ、と淫《みだ》らに水音が内にこもる。

「おっ、おッ、こりゃまた大胆な動きだな……！」

「あはッ、あーッ、あんッ、こーやってね、お腹《なか》いっぱいにお客さんのを味わうんですよ。そしたらお腹いーっぱい幸せになって、んふッ、あぁッ、ちょーたのしーっ」

ゆるやかな責めだが、小躯《しょうく》ゆえの狭苦しさが絶え間なく海綿体を締めあげる。彼女の小ささは弱点でなく、むしろ男を切り崩す武器なのだろう。

（ちっこい種族はこうじゃないとな）

スタンクの経験上、矮小種《わいしょう》のサキュバス嬢は概して広がりやすい。先祖に混じったサキュバスの血の作用か、それともべつの理由なのか。もちろん限度はある。お人形サイズの小妖精《ようせい》になるとスタンクの愛剣に耐えられる者はごくわずかだ。

逆に言えば、ハーフリングサイズのドワーフラビットならほぼ問題なし。

それどころかノリノリで腰を弾ませている。

「はー、やっべ、最高ですぅ……！　ウキウキぴょんぴょんなのです！」

チミナは上下に跳ねだした。

もっともシンプルに性感部位を刺激する摩擦運動に、ふたりはたまらず身震いする。

「ぉおッ、くッ、お姫さまのくせにスケベな動きしやがって……！」

「だってぇ、スケベだーいすきだもんッ！　寝てる時間以外はずっとズボズボどちゅどちゅしてほしいもんッ！　お姫さまだって女の子だもんッ！」

演技などほとんど吹き飛んでいる。彼女の腰遣いは熟練サキュバス嬢のそれだ。

しかも揺れている。

男の視線を引きつけて油断を誘う、ふたつの肉の塊が。

「平民さんだってスケベな目してるくせに……うりゃッ、食らいあそばせっ」

チミナが思いきり胸を張った瞬間、
バツンッ！　バツンッ！　バツンッ！

ブラウスのボタンが弾《はじ》け飛び、白濁まみれの双球がまろび出た。

服越しよりさらに膨らんで見える大物だ。突端も赤々と肥えている。

締めつけから解放されて振り幅も倍近くに広がる。

「平民さんはみーんなおっぱいぴょんぴょん好きだもんね？　あんっ、あはッ、ほーら、ぴょんぴょん攻撃っ、えいっ、どーだっ、えいっ、えいっ」

「うおッ、気持ちよすぎッ……！　おっぱいの重みが中に響いてくるみたいだ……！」

「あんッ、ビクビクってぶっといのが中で動いたぁ……！　ゴリゴリ引っかかってめっちゃ気持ちいーよぉ……！　あっ、あッ、あーっ、あーッ、あーッ！」

互角の攻防に両者の息が速まっていく。

体温があがり、汗のせいで室内が蒸してきた。

両者の股は泡立った性水にまみれ、ベッドにまで染み広がっている。

（このままじゃ相打ちだが……そうはさせるか！）

肉剣と肉壺《つぼ》の勝負は互角だが、スタンクにはまだ手がある。

「そりゃッ！　これでどうだ！」

両乳首をつまんだ。

指のあいだで転がし、キュッと締める。

「あひッ！　はぇぇぇッ、えひっ、ひッ、ひんッ、それ好きッ、乳首かわいがってもらうの大好きッ、好きッ、好きぃッ……！　嬉《うれ》しいぃッ……！」

チミナは嬉々《きき》としてスタンクの腹上を跳ねまわった。

その動きに応じて乳房も躍る――が、それは自殺行為に等しい。つままれた乳首は肉揺れのたびに痛烈な負荷の餌食となる。ともすれば痛苦をともないかねない状態だ。

「平民さんッ、ステキっ、ステキぃ……！　チミナぴょんぴょん止まんないッ、おっぱい好き好きってされて幸せぴょんぴょんッ、ラブラブぴょんぴょんんんッ！」

「ああ、お姫さまのおっぱい大好きだぞ！　そりゃッ好き好き攻撃だッ！」

スタンクは両乳首をねじあげながら、不意打ちで腰を跳ねあげた。

ふたつの突端と最奥への痛撃にチミナは高らかに嬌声《きょうせい》をあげた。

「おひぃいいッ！　いいっ、めっちゃ最高ぉ……！」

多少の痛みを快楽に変換できるのは性感が成熟しているからだ。ついでに口先だけ「可愛《かわい》がっている」と言えば悦んでくれるのだから責めやすい。

スタンクは手と腰で猛撃に移った。

どちゅどちゅと突《つ》き、ぎゅむぎゅむと締めつける。

チミナは目に見えて表情がとろけ、全身あちこちに感悦の震えが広がってきていた。

「あひっ、はへッ、もうダメぇ……！　チミナ、幸せウサギさんになっちゃうぅ……！」

「なれ、なっちまえ！　お姫さまにあるまじきふしだらな体位で幸せになれ！」

「はーい、なりますぅ……！　あんッ、んぁーッ、あぁあッ……！」

ぴょんぴょん跳びが小刻みに加速する。

最後の悪あがきに、スタンクは渾身《こんしん》の一撃で応じた。

どちゅんッ！

必殺の突きあげ&思いきり乳首を引っぱる。

小ウサギの姫君は長耳から全身に痙攣《けいれん》を広げた。

「おッひっ……！　ンいッ、ぃいいッ、イッぐぅうううううぅぅううッ！」

断末魔の声は獣のように歪《ゆが》んでいた。

乳房も無惨に引き伸ばされている。

ぎゅりぎゅりと窄《すぼ》まる稚穴が甘美な勝利感にスタンクを導いた。

「くっ、トドメだ……！」

勝利の昂揚《こうよう》を鈴口から解き放った。全身の神経が絶頂感を通すだけの器官に変わる。筋肉は欲望のエキスを送り出すためのもの。ドワーフラビットの子宮を貫き、満杯にし、膣内《ちつ》までぬめつきの坩堝《るつぼ》に変える。びゅるん、びゅるん、と悪臭の塊を注ぎこむ。これで彼女の胎内はスタンクの匂《にお》いで満たされる。これほどの充実感が男にとってほかにあるだろうか。

「あひッ、おッ、おんッ、んぉおおッ……！　こ、これ、すっごい量……！　マジ超すっげぇですぅ……！　お腹のなか、ぴょんぴょん止まんないぃ……！」

チミナはヨダレまじりにだらしない笑みを浮かべている。

彼女にとっても男の噴出を受けとめるのは大層な悦びなのだろう。

（積極的なサキュバス嬢はやっぱりいいな……最後のほう演技どっかいったけど）

スタンクは満足感を伝えるように、優しく乳房を撫《な》でまわした。

その手にチミナの小さな手が重ねられた。

「お客さん……あのね、まだ時間あるから……ね？」

「よーし、もっともっとぴょんぴょん勝負だ！」

「やったー！　やるやるー！」

勝負はまだ終わらない。

その後、スタンクは馬乗りパイズリで一発放出。あどけない顔を汁まみれにした。

さらに後背位で二回イカせてから、最後に正常位でトドメ一発。

「ふえぇぇ……チミナ、負けちゃったかも」

ウサ耳少女は敗北宣言をしながらも、満足げに顔を艶《なま》めかせていた。

＊

今日も食酒亭の掲示板に多種族が群がる。

# REVIEW
## みんなでぴょんぴょん

◇人間
**スタンク** 9

ドワーフラビットは合法ロリ種族だ。普通のアナウサギ獣人のつもりで店に入ると困惑するが、スケベ大好きなちびっこだらけなので好きなヤツにはとことん刺さる。あとバストは個人差がかなり大きい。俺は超レアな爆乳娘をゲット！　ちっちゃい体にでっかいオッパイっていうのも浪漫があっていい！　楽しく遊んで大満足だ！

◇エルフ
**ゼル** 3

イメージプレイ前提でコスチュームを選べるが、演技力ははっきりいってゼロだ。ちっこいくせにヤリたい気持ちが強すぎて、エリート魔法使い設定なのに「腰振り魔法えいえいッ」とかやってきて、いやそれはないだろって真顔でツッコんでしまった。そもそも魔力もすくない種族だし魔法使い系のコスだけは絶対にやめとけ！

◇ハーフリング
**カンチャル** 6

ボクたちハーフリングと同程度の身長だけど、中身はけっこう幼い印象かなぁ。そのぶん性感にも素直で打てば響くようにあえぐのは好印象。あまりに明け透けすぎて淫靡さが足りないし好き好きだろうけど。個人的に問題なのは、ちょっとS度をあげていくとすぐ泣いちゃうところかな。仲良く楽しくHしたい人以外にはオススメしないよ。

◇天使
**クリムヴェール** 4

なにも知らない子に悪戯してるみたいで罪悪感がすごいです……ちょっと落ち着くまで待ってくださいと言っても待ってくれないし、どんどんエッチなことしてくるし、積極的なひとが好きなひとは嬉しいかもしれませんが、ボクはちょっと苦手ですね……。

ドワーフラビット専門店のレビューに舌なめずりをする者すらいた。

その様子をメイドリーが半眼で眺める。

「小さい種族が好きっていうのは、まあいいとしてさぁ……体のサイズだけじゃなくて、中身まで幼いのを求めてる感じのが多すぎない？」

「そりゃまあ、ガチでそういう子に手を出すのはまずいだろ。なら合法的にヤれるサキュ嬢で発散するってのはむしろ理性的なんじゃないか？」

スタンクはエール片手に語った。

非道徳的な衝動に折りあいをつける手段として、サキュバス店はきわめて有効だ。

それこそ流血をともなう残虐行為を安全に提供する店もある。

不道徳となじるのは簡単だが、そういった店をなくしたとき、客はどこへ行くのか。

行き場のない人間を無法に追い立てて、社会になんのメリットがあるのか。

「そういう理屈はわからないではないけど、感情では理解したくない」

「感情で生きるタイプは嫌いじゃないぞ。性欲強そうで」

トレイが鈍器となってスタンクを痛打した。

ウサギ殺しの剣士を一撃で打ち倒した給仕娘は、大きくため息をつく。

「個人の趣味だしやめろとは言わないけどさぁ……はあー、たまには真っ当なお客さんが来てくれないかしら」

彼女が愚痴をこぼした、そのときである。

酒場のスイングドアが開かれ、秀麗な面立ちが踏みこんできた。

「失礼する――」

苦行僧じみた辛気くさい声、というのはスタンクの感想である。

人生になんの彩りもなさそうな仏頂面。だが面立ちそのものは端整で、生真面目《きまじめ》な目つきに男ながら不思議な色気がある。

なにより目に付くのは青い肌だろう。

魔族などには多く見られる色だが、頭部に角は見当たらない。

ただ、右腕が三本ある。左側はマントで隠れているが、そちらも三本だろうとスタンクは重心から見抜いた。

「アシュラか」

東方の希少種は真面目くさった顔で、真っ向からスタンクを見据えた。

迷わず歩いてくる。

真横に立つと、マントの下でシャッと金属を滑らせる。

曲刀がスタンクに突きつけられた。

「ひとかどの剣士と見た。我はヴィルチャナ。一本手合わせ願いたい」

純粋なまでに研ぎ澄まされた闘争心が刃《やいば》に乗せられていた。

アシュラという種は極東において修羅とも呼ばれる。その語は一般名詞として、戦いのなかでしか生を見出《みいだ》せない者を指すこともある。

種族的な類型のひとつとして、アシュラ族にそういった戦闘愛好者《バトルフリーク》が存在するのもまた事実。

ヴィルチャナなる男もそのひとりだろう。

「手合わせ、か――」

スタンクは刃のように鋭い視線を横目に受けとめ、ジョッキをテーブルに置いた。

「ヤだ」

「……なにゆえ」

「だって面倒だし」

素っ気なく言って、ジョッキを持ちあげ酒を飲む。

その態度が理解できないというように、ヴィルチャナなるアシュラは眉《まゆ》をひそめた。

「男として生まれた以上、剣の高みを目指したいものではないのか」

「知らんけど」

「おーいスタンク、面白いサキュバス店の話があるぞ」

「お、詳しく聞かせてくれ」

となりのテーブルのゼルに誘われ、スタンクは嬉々として猥談《わいだん》に首を突っこんだ。

「待て、スタンクとやら、熾烈《しれつ》な戦いのなかで剣士の高みを……」

「ああ、がんばってくれ。オススメは東の大洞穴だ。強い怪物がわんさかいる。おまえならきっと勝てる。自分を信じろ。ファイト！　じゃあな」

取り残されたヴィルチャナは、はて？　と小首をかしげる。

なぜこうなったのか、これっぽっちも理解できないという顔で。

それが東方独特の感性なのか、彼個人の感性なのかはわからない。ただ、スタンクにとっては、とにもかくにも面倒くさい。

（街中で刃傷《にんじょう》沙汰《ざた》なんて、ヘタしたら憲兵にしょっぴかれるし）

異種混街は無法地帯ではない。多種族が共存するにはルールが必要だ。命の奪いあいなど、やるにしても山奥や荒野でやれ、というのが常識である。

スタンクは犯罪者になりたくないし、殺しあいより猥談のほうが楽しい。

だから珍客の相手は店の人間に任せることにした。

「お客さま、ご注文は？」

メイドリーが愛嬌《あいきょう》たっぷりの笑顔でアシュラに問いかける。

「剣を極めるには節制が必要だ――水を一杯いただく」

「おかみさーん、冷やかしさんおひとりー！」

いつもの喧噪《けんそう》が酒場を満たす。

流浪の剣士はひとり、行き場をなくしたように立ちつくしていた。

# 第二話

## ミネルヴァ

「俺は死ぬかもしれない」

ナルガミはテーブルに絶望を吐き出した。

吐いた分を取り戻すように殻付きの鶏卵を口に含み、嚥下《えんか》する。

ぺきょ、と喉《のど》で砕く。

白身と黄身の喉ごしを味わって人心地《ひとごこち》ついたらしく、大きく息を吐いた。その下半身は食酒亭の床にとぐろを巻いている。

上半身が人間で下半身が蛇の種族、ラミア。彼らの食事はヘビ同様、基本的に丸呑《まるの》みである。ナルガミ自身は痩《や》せ形《がた》だが、事によっては子豚ぐらいは楽に呑みこめるという。顎関節《がくかんせつ》の構造が人間やエルフと違って口が何倍も大きく開くし、食道もきわめて柔軟なのだ。

鶏卵、追加でまたひとつ嚥下。

「うぇぇ」

おぞましげに声を漏らすのはメイドリー。卵生の有翼人にとって、卵を丸呑みするヘビ男は生理的に耐えがたいらしい。食酒亭の暴力給仕にも弱点はあるのだ。

とはいえ、今回ばかりは彼女以上にナルガミ本人が参っている。

「なにがあったんだよ」

スタンクは目玉焼きをすすり取るように食らう。もちろん飲みこむのは咀嚼《そしゃく》のあとだ。

「実はラミアのお仲間から依頼を受けたんだ……」

「その依頼ってのはどっちだ？　冒険者のほうか、レビュアーのほうか」

「レビュアーだ。金を出すから気になる店をレビューしてくれって」

スタンクたちは異種族レビュアーとして着実に知名度をあげている。

サキュバス店巡りのプロフェッショナル。好色三昧の酔狂人。自分の性癖を芸にして小銭を稼ぐド変態。女の敵。酒場でそういう話やめろ死ね。などなど。

「あの店がアタリかハズレか確かめてくれ」という依頼は珍しくない。

もちろんタダでは滅多に引き受けない。最低でも店の料金分は支払ってもらう。レビュアー自身が気になって仕方ない店なら話は別だが。

「で、どういう店なんだ？」

「それが……猛禽《もうきん》系有翼人の専門店で」

「あー、ヘビにとっちゃ猛禽類は天敵ってやつか」

一口に有翼人と言っても種類がある。通常の有翼人がラミアの食性に生理的嫌悪を催す一方、猛禽系はひと味違う。強靱《きょうじん》な翼で鋭く滑空し、凶悪な鉤爪《かぎづめ》でヘビを捕まえ、事もなく食い殺す——そんなワシやフクロウの特性を持つ者たちは、ラミアにとって脅威のハンターなのだ。

「ぶっちゃけ天敵ってどういう感じなんだ？　俺、あんまりそういう意識ないんだけど」

「人間だってゴキブリ見たらヒッてなるだろ」

「あれは天敵というか不快な害虫だが……」

試しに想像してみた。

あの黒くてすばしっこい虫とヤることになったら。

ぞぞぞ、と全身に鳥肌が立った。

「……ないわ。絶対ありえんわ。どういう趣味だよ、おまえのラミア仲間」

「ドM」

「ああ……まあそうか。そうだよな。そりゃそうだわ」

スタンクもソフトMなら嗜《たしな》んでいるが、ハードコアなMは完全に埒外《らちがい》だ。かと言ってそういった者を否定する気もない。むしろどういう気分なのか興味がある。

ふむ、としかつめらしくうなずくのは、エルフのゼル。

「抗《あらが》いようのない自然の法則に抗うのがドMってわけだな。それともアレか、生命の危機に際して本能が子孫を残そうとちんちんをいきり立たせる的なアレか」

「うーん、でもさ、ドMなら自分でいきなり地獄に突撃しそうなもんじゃない？」

腕組みで首をかしげるのは、ハーフリングのカンチャル。

「ナルガミに偵察なんて頼む必要あるかなぁ」

「いや、ガチのMは好みにうるさいぞ」

と、スタンク。

「女王様に事細かに演技指導して、ヌルいとキレる面倒くせぇ客もいるって話だし」

「スタンク、正解……想定よりハードな分にはいいけど、ソフトだと暴れだすようなヤツなんだ。手本を見せてやるって嬢を締めつけて出禁になったりしてた」

「友だちやめたほうがよくないか？」

「子どものころはいいヤツだったんだよ……怪我《けが》した鳥の雛《ひな》を食べもせずに世話してやるような慈愛に満ちた男だったのに……なんでこんな方向の異種愛に目覚めちまったんだ……！」

ダンッ、とナルガミはテーブルに手を突《つ》いた。深く深く頭を下げる。

「頼む、一緒にきてくれ！　俺個人への依頼だから必要経費も一人分しか出ないけど、みんなの料金は半分ずつ俺が出すから！　ひとりだと正直めちゃくちゃこえぇ！」

「それはべつに構わんけど。猛禽ははじめてだし興味がある」

「じゃあ俺もいくか」

スタンクとゼルは軽い気持ちで請け負った。

「ボクはパス。夕方から仕事があるから」

カンチャルはグビッとエールを飲みほす。真っ昼間である。

ナルガミはさらなる仲間を求めて周囲を見渡した。

だって怖いから。男だって寂しいと泣いちゃうから。

目に入ったのは、ふよふよ浮かぶ光の翼。

「クリム、おまえもどうだ！　どうですか！　天使の慈悲を哀れなラミアに寄越《よこ》さないか！」

「ボクまだ仕事中なんですけど……」

「猛禽類はいいぞ！　ええと、その、アレっすよ。たくましい鉤爪で体を捕まえて、大きな翼で羽ばたいて素敵な空中旅行……うぅ、寒気がしてきた」

「無理して苦手なものの魅力を発掘しなくてもいいですよ……」

クリムは気の毒そうに柳眉《りゅうび》をひそめる。

「猛禽の翼と脚の強さなら、結合しながらの空中旅行はたしかに不可能じゃないかもな」

「マジかよゼル。空から愛の種がまき散らされちまうぞ。きたねえ雨だなオイ」

「スタンクさんの発想と言い方が一番きたないとボクは思いますけど」

冷ややかにツッコミを入れながら、クリムはすっと目を逸《そ》らした。

「空を飛びながら……しちゃうんですか……」

「よし、興味があるんだな！」

「あ、いや、ナルガミさん、そういうわけじゃなくて！」

「さあいこう、四人でいこう！　俺たち仲良しだよな！　頼むよ、なあ……！」

「半泣きで尻尾《しっぽ》まきつけないでくださいよ！　わりと本気で怖いんですけどこれ！　メ、メイドリーさんからもなにか言ってください！」

「そいつうるさいから外に連れてって。今日はお客さんすくないから私ひとりで平気だし」

「メイドリーさーん！」

クリムは引きずられていった。

「よし、俺らも空の上から愛を散布しにいくぞ！」

「でもそこらへん法的にどうなんだろうな。土地によっちゃ野外プレイは取り締まりが厳しいし。いや、でも高度が一定以上ならいけるか……？」

スタンクとゼルも飲食代をテーブルに放り投げると、すぐに後を追った。


拠点としている異種混街からのんびり歩いて二日。

山に入り、鬱蒼《うっそう》とした木々の合間に獣道を見つけて半日。

八合目ほどで深い緑の合間に建築物が見えた。

民家と酒場、雑貨屋、また民家、民家、そして一番奥に色気のある装飾の看板。

《いい女ほどたくさん飛ぶ――ミネルヴァ》

目的のサキュバス店を見つけ、一行は安堵《あんど》の息を吐《つ》いた。

「ずいぶんと面倒な場所に店を構えてるんだな」

「有翼人の客が多いんじゃないか？」

「あ、たしかに空から来れば楽々ですね」

獣道を踏破してもなお一同の体力は充分に残っていた。スタンクは冒険者として旅慣れているし、エルフはそもそも森や山に住まう種族だ。天使にいたっては基本的に浮遊している。

ラミアのナルガミも蛇の尾で器用に蛇行してきたのだが――

「ふぅー、しゅー、しゅるー」

息が乱れて、先の割れた舌が何度も口を出入りする。

「いけるぞ俺……ナルガミはデキる男の子です、やったれナルガミ、ＧＯ！」

「そうだな、ナルガミはデキる男だ。いくぞ」

「え、待ってスタンク。いきなり？　あそこの酒場で一服してからにしないか？」

「がんばれ男の子、猛禽娘におまえの股間《こかん》のスネイクをぶつけてやれ」

「俺の股間のスネイクはミミズよりも縮こまってる……」

ナルガミの顔色は死体じみていた。もともと血色のよくない種族とはいえ、普段の五割増しで青白い。ビクビク震える尻尾はまるでイキっぱなしの男根だ。

「いくら天敵ったって、まえに猛禽の連中とすれ違ったときは平然としてなかったか？」

「すれ違うのと懐に飛びこむのは全然違うだろ……たとえばだな、例の黒い虫が」

「そのたとえ話はよせ。店に入るまえに元気棒が萎《な》える」

ナルガミは全身を石のように硬くしている。

もはや進むことはかなわないと思われた。

それでも彼は男である。股間に剣を携えている。付け加えるなら、ヘビの剣は二股《ふたまた》だ。

「……行くしかない、よな」

震えながらも男が、いく。

二股剣のヘビ男、ナルガミ。イクために行く。

天敵猛禽なにするものぞとまっすぐ、いやジグザグに蛇行するのだが、それは下肢がヘビなので致し方ないものとして。

「わかってたぜ、ナルガミ……おまえも俺もそういう生き物だ」

「ヤるか殺《や》られるかだ。男を見せてやれ、ナルガミ」

「スタンクさん、ゼルさん、半笑いで面白半分にしか見えないんですけど」

「男のイキざまを笑顔で見送らなくてどうするんだ。おまえにサキュバス店を教えてやったときも俺たちは爽《さわ》やかな笑顔だっただろう」

「ニヤニヤしてるだけじゃないですか……」

スタンクの下卑た笑みは、しかし。

店のまえで抜き身の剣を突き出されて消え去る。

蒼面《そうめん》六手の男が立ちふさがり、秀麗な顔でスタンクを見つめていた。

「剣士スタンク――尋常に果たし合いを」

アシュラの剣士ヴィルチャナは神妙に挑戦してきた。

スタンクは臆《おく》することなく視線を返す。

「……ヤだ。俺はこれからサキュバス店に入る」

「なぜだ？　なぜ剣を抜かない」

「これからヌく剣はそっちじゃないんだ」

「ほう、隠し剣の存在をあえて明かすか――面白い」

「違う、そうじゃない。つーか何度目だよおまえ。もう十回は断ってるぞ」

「剣を握ったその日から天下無双を目指さぬ日はない……男ならだれしもそうだろう」

青肌男は諦《あきら》めない。たくみな足運びでスタンクの正面を塞《ふさ》ぎつづける。

「俺は握るより握られるほうが好きなんだ」

「受けの剣技、後の先か？　なるほど――面白い」

「攻めも好きだぞ。やっぱりガンガン突《つ》いてヒィヒィ言わせると男冥利《みょうり》に尽きるし」

「攻防自在、そして突き技による蹂躙《じゅうりん》――面白い」

「おまえとりあえず――面白い、って言っときゃいいと思ってないか？」

ちょっと間を溜《た》めるのがうっとうしかった。

「あの、スタンクさん、ボクたち先に入ってますから」

ほか三名はヴィルチャナの横を素通りして店の入り口に差しかかっていた。

「ちょ、待てよ。さきに良い感じの嬢選ぶのはずるいぞ」

「スタンク、おまえには運命で結ばれた好敵手《ライバル》がいるじゃないか」

「そういうの求めてねえよゼル！　おまえの魔法でこいつ眠らせてくれ！」

「アシュラは魔法抵抗力も高いって言うからなぁ」

「左様――我は妖術《ようじゅつ》を扱う手管こそ劣等だが、耐える力は鍛えている」

「オイこいつ、左様――とか言い出したぞ」

うまく言い表せないが、スタンクはどうしようもなく違和感を覚えていた。

（こいつ、出てくる世界間違えてない？）

そんな疑問を裏付けるがごとく、ヴィルチャナは三本の剣を構えた。

正面の両手で反りの浅い流麗な太刀《たち》を。

右の残り二手で抜くのは、長さは控えめだが鉈《なた》のように厚みのある蛮刀。

左の残り二手で深く深く満月のように反り返った曲刀。

「もはや言葉はいらぬ――剣で語りあおう」

言葉に熱はない。澄んだ瞳《ひとみ》に殺意はない。

ただ純粋に剣技で高みを目指すだけの、ストイックすぎて無邪気なほどの男だった。

ピュンッ！

太刀の切っ先が風を裂いて突き出された。

追って蛮刀と曲刀が別々の速度で弧を描く。

三本すべてが本気の斬りこみであり、だからこそすべてがフェイントになりうる。ひとつを避《よ》ければほかを避けられない、殺傷理論の体現めいた太刀筋。

「うおッ怖っ」

スタンクは膝《ひざ》の力を抜きざまのけ反り、つま先だけで地を蹴《け》り後転、回避する。

ひとつかみの土をヴィルチャナの顔に投げつけて牽制《けんせい》し、立ちあがって間合いを取る。

ヴィルチャナは笑いもせずに、深く満足げな声を吐く。

「見事——やはり我が目に狂いはなかった」

「男ばっか見てないで視野は広くしたほうがいいぞ」

「なに——？」

がしり、とヴィルチャナの首と腰が鋭い鉤爪《かぎづめ》につかまれた。

憲兵服の鷲《わし》系有翼人が羽ばたいてホバリングしながら、ヴィルチャナを確保している。彼が剣を振るうと同時に、上空から猛スピードで降下してきたのだ。

「街中で凶器を振るわないでください。連行します」

「男同士の決闘に水を差すか——」

「街中での刃傷沙汰《にんじょうざた》、および営業妨害で罰金を科します。公務執行妨害も上乗せしますか？」

「——持ち合わせはない」

「では簡単な強制労働をしてもらいます」

「剣以外のものを握るのは苦手なのだが——」

「作業が遅れた分だけ拘束時間が延長されます」

しばしヴィルチャナは沈黙した。

「——スタンクよ、勝負は次のときまでお預けだ」

憲兵に斬りかかるほどのイカレポンチではないらしい。

飛び去っていく猛禽《もうきん》憲兵と蒼面男にスタンクは小さく手を振った。

「二度とくんなよー」

「猛禽のああいう鉤爪の使い方がゾワッとするんだよなぁ……」

男たちは震えるラミアの背を叩《たた》き、猛禽専門店ミネルヴァに入店した。


猛禽種は目に特徴がある。

鷲系の者は概して鋭く睨《にら》みつけるような目つきが多い。攻撃的で残酷な印象。

フクロウ系は丸く大きな目が多い。無機質なほどに丸く、思考がどうにも読めない。

そのどちらもが、ナルガミの神経を刻々とすり減らしていく。嬢たちはガラスで仕切られた待機室から視線をくれていた。

「獲物を食い殺す目だ……はは、上等だ、俺はやるぞ絶対やるぞやりまくるぞ」

「お、落ち着いてください、ナルガミさん。お客さんを意識するのはどんな商売でもおなじですから、そんな凶悪な目じゃありませんから。ね、ゼルさん？」

「言葉のフォローなんてムダだろ。本能的な恐怖は理屈で抑えられるもんじゃない。メイドリーだって言ってたぞ、有翼人の無精卵を食べたがるラミアは理屈抜きでマジ無理って」

「こんなときにちょっと凹むこと言わないでくれゼル」

強がりながらも尻尾の先まで震えるナルガミに、嬢たちの目はますます集中する。

もしかして心配してくれてるのでは？

スタンクはその疑問をあえて口にしない。いま彼に必要なのは慰めよりも男の尊厳だ。

「いいかナルガミ、俺たちの逸物はなんだ？　男の武器だ。剣だ。しかもおまえ、二股ダブルソードだろ？　つまり俺やゼルの倍は強い」

「俺は強い……？　倍強い……？」

「そうですよナルガミさん！　いやー、二股なんてうらやましいなあ！」

「励ましたいのはわかるが馬鹿にしてるみたいだぞ女殺しビックリ・ビッグ・ソード」

「クリムのサイズで二股だとマジで女が死ぬな」

スタンクとゼルは白い目でクリムを見やる。

「う、生まれつきこうだから仕方ないじゃないですかあ！」

愛らしい顔を真《ま》っ赤《か》にして、怒鳴っても声が可愛《かわい》い天使の美少年。でも股間は猛禽なにするものぞの破壊的極悪魔剣である。

はは、とナルガミが小さく笑った。すこしだけ肩の力が抜ける。

「そうだな……クリムのアナコンダなら猛禽も軽く返り討ちだろうな。だが俺だって男だ。いや、この依頼をやりとげて本当の男になるんだ！」

ラミアの青年は決意するなりガラス越しの嬢を指差した。

「そこの一番デカいワシのお姉さん、お願いします！」

「ためらいなく死地に踏みこんだぞこいつ」

「もう勢いしかないなこいつ」

「ナルガミさん……生きて戻ってくださ い……」

へビの尾が一足先にプレイルームへと消えていく。

「次は俺たちの番だな」

スタンクたちも次々に嬢を選んだ。この瞬間もサキュバス店の醍醐味《だいごみ》だ。

アタリもハズレも自分で選んで自分に返ってくる。それは男として貴重な経験だとスタンクは考えていた。ただの遊びに本気で挑む意義がそこにはある。

「じゃ、俺はそっちのハクトウワシのお姉さんにお願いしよう」

二番手はゼル。次いでクリム。

「ボクは……そっちの大きなひとで」

そしてしんがり、スタンク。

残り物には福があるというわけでもないが、すこし気になる嬢がいた。

「そこのミミズクのお姉さん、まえに会ったことない？」

古典的なナンパの手法、ではない。本当に見覚えがあるのだ。

これでもかというほど丸く開いた大きな目、耳のように跳ねた羽角、二の腕から伸びゆく翼、たくましい鉤爪――というと、ミミズク系有翼人の大半に当てはまるのかもしれないが。

「…………？」

ガラス越しの視線に気づいたのか彼女は首をかしげた。

傾《かし》ぐどころか、ぐるりとまわる。

頭と顎《あご》の位置が逆転し、スタンクは思わず「うお」と声をあげてしまった。

フクロウの首関節は可動域がおそろしく広い。まえにもギョッとした覚えがある。

「まあいいや。あの子で頼む」

受付に声をかけて、ミミズク嬢を呼んでもらった。

アタリハズレは挿《い》れてみないとわからない。


プレイルームに入るとミミズク嬢は腰を九〇度曲げて頭を下げた。

「ミミルです」

抑揚に欠けた声で言い、グルンッ、と背中側に顔をまわした。

「こわッ！　不意打ちでやるのビビるんだけど」

「わりとウケは良いと思っていました」

「有翼人相手なら鉄板なのか……？」

ミミルなる嬢はボケても完全無表情。目だけはまん丸く見開いて、ほとんど四白眼である。それでもどことなく愛嬌《あいきょう》のある顔立ちで憎めない。鼻の付け根あたりにそばかすがあるのも、不思議と親しみを感じさせる。たしか、まえにもおなじ感慨を抱いた。

「やっぱりどこかで会ったか？」

「ナンパですか。この状況でわざわざ」

「いやこの状況でわざわざナンパするほどアホじゃないけど」

「ナンパでないのなら、私でなく双子の姉かもしれません。しばらく会ってませんが、どこかのサキュバス店で受付嬢兼用心棒をしていると言っていました」

「あー、それかも。一発ヤッた相手なら絶対に忘れないんだが」

あらためてミミルの全身を眺めてみる。

背丈は人間基準で平均的。胴体の造りも人間の成人女性とおなじく、くびれのあるヒョウタン型。バストが量感たっぷりに張り出しているのは、翼腕を支える肩や胸筋が発達しているためか。腰つきの悩ましい曲線も、強靫《きょうじん》な鉤爪へと至る脚部を支えるためか。

そんな体つきを隠すはずの衣装は、布地がすくなくて頼りない。

つけ襟とリボンタイに紐《ひも》じみた黒パンツのみである。

羽毛が乳房の下半分と股《また》まわりを覆っていなければ、もっと際どい印象だっただろう。

(このギリギリ隠せてるかどうかの露出感、なかなか絶妙だな)

股間《こかん》が臨戦態勢になって持ちあがる。

ミミルはお辞儀の姿勢のまま、興味深そうに目を向けた。

「ほー、ズボンがこんなに盛りあがって。お見事なモノをお持ちですね」

「首ぐりんぐりんしながら多角的に観察するのやめて」

「でもお客さん、見られるの好きでしょう?」

「いい勘してるな、おまえさん」

スタンクはズボンから肉剣を取り出し、生の威容を披露した。

使いこんで浅黒く染まった一振りのロングソード。

ほー、ほー、とミミルは感嘆してスタンクの男心をくすぐる。

「そうそう、もっと見てくれ。俺の股間のやんちゃＢＯＹを」

「ふーっ」

「あへんッ」

切っ先に息を吹きかけられ、掻痒感《そうよう》にびくんッとやんちゃＢＯＹが跳ねた。

「じつに敏感なお利口ＢＯＹですね」

「お、お利口なんかじゃないぞ。女をたくさんイジメてきた極悪ＢＯＹだ」

「羽なんてどうでしょう」

「ほひッ、んおッ」

さわさわっと翼の先でくすぐられ、極悪ＢＯＹが腰ごと震える。

ごく微弱な刺激、だからこそ耐えがたい。巨漢の振るう戦斧《せんぶ》であれば受け流せるが、風に舞う羽根はたやすく刃《やいば》を避けてしまう。ミミルの愛撫《あいぶ》はそういった種類のものだ。

さわさわ、ふー、ふー。

びくびくっ、おへあへっ。

腑《ふ》抜けた声を抑えようにも歯の根が合わない。

（マジで上手《うま》いな、このミミズクねーちゃん……！）

羽と吐息で、いら立たしいほどソフトに撫《な》でまわしてくる。

軽い愉悦も積み重ねれば膨らんでいく。海綿体がむくむく大きくなる。息子よすくすく成長してお父さんは嬉《うれ》しいぞと涙目にもなった。

ただ、ひとつひとつの刺激が微弱で、イクにイケないのが問題か。

「ほー。ずいぶんと赤くなってきましたね。赤ちゃんと呼びましょうか。びくびく震えて怖がり赤ちゃん、あーかわいいかわいいプルプルＢＡＢＹ」

「こ、怖いもの知らずのドラ息子を赤子あつかいか……！　んおッ、はひッ、だが、残念ながら羽や吐息だけではこの荒くれＢＯＹを倒すことなど不可能！」

「ちゅっ」

「おんんんッ」

不意打ちで亀頭にキスをされ、先端から喜悦の先走りが矢のように飛ぶ。

さらにミミルは連打した。緩急をつけてのバードキス。

ちゅっ、ちゅ、ちゅ、ちゅっちゅ、ちゅうー、ちゅっ。

徹底して敏感な粘膜部を狙《ねら》う。本来ならさほど強い刺激ではないが、くすぐるような愛撫に慣らされて神経が過敏化していた。

「うほッ、おぉッ、ちっくしょう、もう駄目だぁ……！」

鮮烈な快感が股間から全身へと波及した。足腰が震え、その震えが一転して逸物へと収束する。

沸騰するような感覚とともに、スタンクは敗北を喫した。

やんちゃＢＯＹがやんちゃエキスを気持ちよく吐き出す。

びゅるるー、びゅるんッ、と小気味よいほど勢いよく、たっぷりねっとり。

「んっ、ほー、お元気なことで大変すばらしい」

ミミルは敗残汁を泰然と顔で受けとめた。汚されることに抵抗はないらしい。まぶたを閉じることもなく、大きな目に入りそうになると軽く首をよじって回避する。

ぶっかけられ慣れたプロの風格だった。

しかも射精が止まるまえから、追撃のバードキスをくれた。

「あへッ、ちょッ、待ッ、んおへッ」

「お客さん精力強そうだから、まだまだ平気でしょう、ちゅっ」

「おひーッ」

毛羽立った神経が混乱し、収まりゆくはずの絶頂感が膨れあがる。

睾丸《こうがん》が引きつるほど激しく精が出た。

それはもう出まくった。

「ほー……どろっどろになっちゃいましたね」

ミミルの表情は変わらない。目以外をパックされても平然としている。

ただ、吐息だけはすこし熱を帯びていたかもしれない。


出会い頭に一本取られたが、つづく二本目は男が絶対に有利な条件である。

戦場はプレイルームの奥にある洗い場。撥水《はっすい》性の樹脂を使った空気入りのマットにふたりで腰を下ろしていた。

「総排泄《はいせつ》孔手洗いサービスをしますか？　こちら基本料金内となっています」

「するする。せっかく有翼人の店にきたんだからな」

有翼人の多くは股に穴がひとつしかない。排泄も生殖もその穴で済ませるのだ。当然、穴は汚れがちで、ハーピー種は翼腕のため細かな部分を洗うのが難しいという。

だからこそ、洗浄はサービスになりうる。

「ではどうぞ、ご自由に洗ってください」

ミミルは股を開いて、黒パンツを横に分ける。

羽毛の隙間《すきま》から赤々とぬめつく縦付きの唇が現れた。人間の女にくらべると皮膚部の丘が肉厚でぽってりしている。

「なるほど……一目でわかる汚れはないな」

「事前に専用の器具で洗っていますので。本気で汚いものを見せて引かれても困りますし」

「ここを洗う器具っていうと、形状的にはやっぱり張り型的な？」

「もうちょっと特殊な形です。使ってみますか？」

「いや、どうせなら自分の手を使いたい」

道具に頼ってはリベンジの悦《よろこ》びも薄れてしまう。さきほど速攻で敗北した屈辱は逆襲の意欲に変わっていた。

（逆転してヒィヒィ言わせるか、それとも負けっぱでソフトMな気分を愉《たの》しむか――）

どちらに転んでも構わない。スタンクは基本的に快楽至上主義なのだ。

だがそれは茫洋《ぼうよう》と結果を待つ腑《ふ》抜《ぬ》けの姿勢ではない。

チャンスに全力で取り組んでこそ勝利も敗北も尊いのだ。

すでに服は脱ぎ捨てている。隠すものなどなにもない裸一貫の勝負だった。

「それじゃあ早速、と」

スタンクは洗浄用スライム汁をたっぷり泡立ててから、総排泄孔に手を伸ばした。

人差し指と中指を重ねて槍《やり》とし、押し通す。

「んっ……」

分厚い肉唇がむっちりと締めつけてくるが、進行を止めるほどではない。

内側には襞《ひだ》がいくつもある。プルプルして小気味よい触り心地。その隙間に汚れが溜《た》まっているかもしれないので、指で丹念にこすりまわす。

「んん……ん、んー、んぅう……」

仮にも性感帯を直接いじられながら、ミミルのうめき声は小さく、表情も変わらない。

「有翼人はけっこう感じやすいイメージだけど、猛禽類《もうきんるい》はそうでもないんだな」

「感じてますよ、とても気持ちいいです。ほら、濡《ぬ》れ濡れ」

「あ、ほんとだ、めちゃくちゃ垂れてる。どんだけ顔と声に出ないタイプなの」

「フクロウ系はだいたいこんな感じですよ」

難敵だ。それはそれで燃える。

（まずは弱点を探るか）

スタンクは遠方を見る心持ちで目の焦点をずらした。表情が見えなくなってもかまわない。剣術における視線の使い方とおなじく、相手の全体像をぼんやりと把握する。

指先で襞穴を、ゆっくり、じっくり、ぐるぅり、となぞった。

「ん……ふぅ、ほー、お上手……んーっ」

声がわずかに大きくなる瞬間、肩と膝《ひざ》が強く震える。一点に視線を集中していれば片方しか見えなかったかもしれない。

「なるほど、ここか」

腹側の一点を指の腹で押すと、またも肩と膝が震える。

押しこみながらこすると、顎もひくんっと跳ねる。

やはり弱点だ。そこを重点的に責めながら、焦点を彼女の顔に戻して表情を確認する。

「お、ほっ、ほー、もう弱い部分を見つけましたか、お見事、んっ、おっ」

表情の変化と言えば、まぶたがたびたび半分降りる程度のもの。それでも頬《ほお》は赤らみ、声の質も甘くなっている。充分すぎる成果にスタンクはニヤついた。

「素っ気ない態度のわりにマジで感じやすいんだな？」

「むしろミミルは顔に出やすいと仲間内ではよく言われています」

「いまので表情ＭＡＸか……つまり本気で気持ちいいってことなんだな」

スタンクは指を細かく抜き差しして弱点を擦りあげた。より速く、軽くねじりを加えて。

「ほー、ぉうっ……んっ、ほッ、ぉお……」

ミミルの顔にも声にも大きな変化はない。ただ、腰の律動がテンポをあげていく。

膝の震えに引きずられるように彼女の脚が持ちあがり――

がしり、と足の鉤爪《かぎづめ》がスタンクの肩と腰を捉《とら》えた。

「お、お、ちょっとびっくりしたッ」

「んっ、ほぉ、ごめんなさい……気持ちよくなると昂《たか》ぶって、近くにあるものをつかみたくなるというか……もともと生殖は木の枝などにつかまってするものなのですが……ほー」

「気持ちよくなって反応してるんならＯＫだ」

驚きはしたがダメージはない。尖端《せんたん》が食いこまないよう体の曲面に爪の反りを沿わせている。ぐ、ぐ、と締めつけてくるのもご愛敬《あいきょう》。気持ちよくなった女の子は辛抱たまらなくなってしがみつくものだ。

「そんなに気持ちいいのか？　ほら、どうしたどうした、グチュグチュ鳴ってるぞ？」

「はい、濡れまくりで……んぉッ、ほぉう、ほー、おふッ、気持ちいいです」

激しく抽送すれば泡立った飛沫《ひまつ》がマットに散る。

孔《あな》の内部は慌ただしく蠢動《しゅんどう》していた。

トドメの頃合《フィニッシュ》いである。

「おら喰《く》らえッ！」

思いきり弱点を押しあげた。

「ほーッ」

ミミルの腰が大きく跳ねあがり、鉤爪が体を締めつけてくる。孔内のうごめきは痙攣《けいれん》になった。

ありがとうございます、うれしいです、とスタンクの指に熱い抱擁をする。

これで一勝一敗――

勝利感に浸ろうとしたスタンクのまえで、

ぐりんっ！

ミミルの頭がさかしまに反転した。

「うっわ、ビビッたぁ！」

「ほんとに気持ちよかったのでサービスで首をまわしました」

「それはサービスにならないと思う！」

「では次のプレイに参りましょう」

「やっぱり見た目のまんま動じないタイプだわ、この子……」

肝は冷えたが目的は果たした。

独《ひと》り相撲《ずもう》かもしれないが、それで構わない。

男の快楽は概して自慰という名の独り相撲からはじまる。

いつもどんなときも、突き詰めればすべて己との戦いなのだから。

本番にはベッドでなく壁から伸びた止まり木を使うことにした。

鳥にとって自然な体勢は仰向《あおむ》けでも四《よ》つん這《ば》いでも騎乗位でもない。木の枝に止まって危なげなく睡眠まで取るのが本来のライフスタイルだ。

ミミルは枝を足の鉤爪でつかみ、膝を曲げて腰を落とした。

「うん、やっぱりその体勢が堂に入ってるな」

スタンクは彼女の背後にまわった。壁のレバーをまわして止まり木の高さを調節し、彼女の尻《しり》と自分の股《また》の高さをあわせる。

尾羽が持ちあがってオスを誘っていた。

ぴと……と、床に雫《しずく》の落ちる音がする。

「はやくしていただけると助かります。もう濡れ濡れですので」

「淡々と求められると変な気分になるな……」

やや前のめりになって尻を突き出す彼女の意気込みを買って、腰をがっちりつかむ。いきり立った肉剣を総排泄孔にねじこんだ。

「ほぉうッ……」

ミミルの声が鼻を通って高まった。背後からで顔が見えないのはかえってよかったかもしれない。表情の乏しさに惑わされず、孔内の反応でミミルの悦び具合を計れる。

奥まで貫き一時停止をしていると、肉膜が戸惑いがちに粘りついてきた。

「お、可愛《かわい》らしい反応するな」

「私たちの総排泄孔は挿入されるための構造じゃないので」

鳥類のオスは多くの場合ペニスを持たない。あるのはメス同様に総排泄孔のみ。交尾は雌雄が総排泄孔を擦りあう形となる。例外はダチョウやエミューのような地を走るものや、カモのような水鳥のたぐい。つまり空をテリトリーとする者はＮＯチンポなのだ。

(空を飛んでる最中にブラブラさせるのが嫌なのかな)

などとスタンクは思うのだが。

鳥の生殖機能が有翼人全種にそのまま当てはまるとも限らない。それでも目の前にあるのはＮＯチンポ男とつがうための穴だ。

むりゅむりゅと異物を押し出そうとする動きは排泄のための蠕動《ぜんどう》だろう。

それでいて、豊かな湿潤は快楽を求めてやまない証拠だ。

「本当は入れるための穴じゃないのに、こんなぶっといの突き刺されて気持ちよくなっちゃうなんて、ミミルちゃん異種交尾だいすきのえっちな子なんだね」

ぐへへ、と下卑た笑いを添える。

ミミルが肩をよじるのは羞恥《しゅうち》の動きだろうか。

「ん……嫌いなら、こんな仕事してません」

「好きなんだろぅ？　答えてくれないと、ぶっとくて硬いの動かないよぅ？」

「まあ好きです、はい。異種交尾だいすきー、いえーい」

「棒読みだけど答えてくれたから良しとしよう！」

ノリは大事なので無理やりにでも乗っていくことにした。

動きだす。ゆっくり、大きく、後退していく。

エラで全体をかきむしれば、ミミルの背に陰影が増えた。日常的な飛行で健康的に鍛えられた背筋が愉悦に引きつっている。

「お、ほ、ほぉ……ほー、ぉおー……」

とろける喘《あえ》ぎ声が耳に心地よい。総排泄孔の機能からすれば、異物を引き抜かれる刺激は排泄や産卵のそれに近い。有翼人にとっても愉しみやすい快感なのだろう。

スタンクは亀頭が抜ける寸前に切り返し、すこし速度をあげて前進。

「おうッ、うッ、んッ、んんぅうう……」

息が詰まるような声音だが、甘露汁はますます量を増した。総排泄孔の役割を無視した背徳的な刺激に、彼女は感悦を示している。

サキュバス嬢になって、悪い遊びにハマっている証拠だ。

ゆっくり動くことで彼女の快楽を浮き彫りにしていく。

往復するたび、反応が大きくなっていく。

「おぉっ、ほーっ、おうッ、うぅぅう……おほッ」

「そうらそうら、ちょっとずつ速くなってくぞぉ。ミミルちゃんの総排泄孔《はいせつ》どんどんえっちにしていくぞぉ。なにせ腰遣いには自信があるからなっ」

指先ではカンチャルに及ばず、ゼルと違って相手の反応を魔力的に察知することもできない。剣のサイズではクリムに完敗している。

されどスタンクには剣士として鍛えた肉体がある。

鉄の剣と肉の剣を扱うことにおいては負けるつもりがない。

「おぅッ、ほぉッ、ううッ、んーッ、たしかにこれはッ、なかなかお上手……ほンっ」

抽送速度が脈拍を追いこすころ、ふたりの股は湿り気にまみれていた。

なおも加速する。

ミミルの孔内を我が物顔でかきまわす。

ぼっちゅ、ぼっちゅ、と粘着音が弾《はじ》けるたびに興奮が高まった。

(やっぱり腰を振るって動きには本能的な、なんていうか……アレがあるな、アレが)

ペニスを刺激して快楽を得、種を注ぐための運動。男がそれを好まぬはずがない。ぶっちゃけ気持ちがいい。ミミルの肉孔はどんどん粘つきを増していく。

このまま最大限の喜悦に没頭するのも悪くはない――のだが。

「そういえば、空飛びながらハメるサービスもあるって聞いたんだけど」

「あ、それは、んんッ、お客さんぐらいの体格だと、ぁおッ、ほー、ちょっと待ってください、甘イキしますから、ほぉおんッ」

「咳払《せきばら》いするようなノリで甘イキするな」

「んっ、おほッ、ふぅ……失礼、なかなか素敵な腰振りでしたので……」

ミミルはぶるりと全身を震わせ、浅い絶頂に浸った。

震えが止まるまで待ってから話を再開する。

「空中飛行プレイはお客さんぐらいの体格だと、すこしばかり危険です。墜落時に一切の責任追及をしないという念書にサインをしてもらえば……」

「いや、いい。それはやめとく」

「ちなみに飛行中の射精は厳禁です。まき散らして民家や歩行者に降りかかった場合、責任や罰金はすべてお客さまに――」

「いいって！　このままハメてりゃ充分だから！」

念押しするように急加速。ぱんぱんぐちゅぐちゅと攻めまくる。

「んっ、ほぅッ、安心しました……おんっ、ぉうッ、お客さんのすごいから、飛びながらじゃなくて集中して味わいたかったので……ほッ、おうッ、んぉおッ」

羽毛の生えていない皮膚から汗をにじませ、彼女は愉悦の声を高めた。

「おんッ、ふうッ、ほぉ……私たち、総排泄孔を上手に刺激されたら、産卵しやすくなるんです……んっ、あう、ほッ、無精卵、たくさん産んでしまって……」

ミミルはおのれの肩越しに横顔を見せてきた。

とろーんとした、半眼。

愛欲に潤んだメスの表情がそこにある。

「気持ちよくしてくれた男性の卵を産みたいと、体が求めてるんだと思います……」

殺し文句だった。

スタンクは燃えあがった。

腰でなく彼女の腕を手綱《たづな》のようにつかみ、背を反りあげさせて突きまわす。

心の底まで責め落とすつもりで摩擦行為に狂った。

「そんなに有精卵を産みたいか！　俺の有精卵を！　体だけの関係なのにホカホカ卵で巣をあっためたいと思っちゃうのかッ！」

「おッ、ぅおッ、ほぉッ、んほッ、おぉ……避妊魔法、切れてほしいと思ってしまいます……卵産みたいです、んんーッ、ほーッ、卵、卵、お客さんの卵ぉ……！」

有翼人にとってこれほど熱烈な淫語《いんご》があるだろうか。

種の違う人間にとって、これほど征服欲を刺激する言葉があるだろうか。

爆発的にこみあげた衝動が下腹で脈打ち、男剣を激しく震わせた。

「なら産めッ、卵を産めッ！」

本当に産まれたら困るがノリで言ってしまうのがスタンクだった。

ミミルも孔肉を荒々しく痙攣させて決着の時を迎える。

「おふっ、ほッ、んんんんッ」

ミミズク娘の全身が狂おしく律動した。同時に孔内も。

——勝った！

スタンクは深い勝利感に酔いしれながら、股間《こかん》に渦巻く衝動を解放しようとした。

その瞬間。

ぎゅるんっ！

目の前でミミルの後頭部が正面顔になった。

「うわっ、ビックリしたッ！」

驚いた拍子にびゅっと出た。

びゅーびゅー出た。

「なんで素直に気持ちよくイカせてくれないのかな！」

「イキながらキスしましょうお客さん。キスしながらイクと気持ちいいですよ」

「そりゃそうだが！　ああくそッ、するよキス！」

もうヤケクソだった。

ちゅっちゅ、むちゅむちゅ、と唇を重ね、舌を絡めて唾液《だえき》を交換する。

釈然としないものはあるが気持ちよかった。

気持ちよくはあるが、最後の最後で負けたような気もした。

＊

# REVIEW
ミネルヴァ

| ◇人間 スタンク | ◇エルフ ゼル | ◇天使 クリムヴェール | ◇男ラミア ナルガミ |
|---|---|---|---|
| 6 | 8 | 9 | 0 |
| 有翼人は反応がよくて小鳥みたいによく鳴くイメージだが、フクロウ系は一見すると反応が薄いから要注意。表情がぜんぜん変わんねーぞ！　でもまあ総排泄孔は並の有翼人より締めつけが良いし気持ちよかったかな。でもだからって、たびたび首を一八〇度回してギョッとさせるのはやめろや！　思わず射精したわ！ | 特別コースの生ハメ飛行プレイを体験してみたぞ！　ぶっちゃけハメてる感覚はどうでもよくなってくるが、連れて行ってもらった空域の風の精霊が元気いっぱいで、別の爽快感があった。昂揚した気分が冷めやらぬうちにプレイルームに戻って一発。これはこれで俺は好きだぞ。 | 抱きあって一緒に空を飛ぶプレイに挑戦してみました。いまのボクはひとりだと上手く飛べないんですが、ふたりで協力して飛んでいくのって、デートみたいでドキドキします……とても素敵な体験でした。あ、でも空で出しちゃうのだけはダメです。罰金取られちゃいます。でもガマンできないぐらいよかったです……。 | いっそころせ。 |

貼り出されたレビューに今日も男たちが集う。

ひとり、異様に鼻息の荒いラミアがいた。おそらく依頼主のドMだろう。

彼の頼みで死地をくぐり抜けてきたナルガミは、テーブルにぐったりとうなだれていた。

「なんでアレがいいんだよ……恐怖しかなかったよ……」

「食われるほうの気持ちがよくわかったんじゃない？」

にひー、とメイドリーが悪戯《いたずら》っぽく笑い、ナルガミのまえにエールを一杯置く。

「俺、頼んでないけど……」

「あちらのお客さんからです」

カウンター席のスタンクが手を振った。ひとつの試練を乗りこえた仲間に無言のねぎらいを送る。

男同士の気遣いに、ナルガミは目を細めてエールを一気飲みした。

「実際、ナルガミのやつがんばったと思うぞ。わざわざ飛行プレイまで体験して」

スタンクのとなりでゼルが言う。

「ナルガミさんは合わなかったみたいだけど……ボクはちょっと良かったと思います」

カウンター越しにクリムがうっとりと目を細めていた。

「ボクはいま翼があんまり安定してないから高所の飛行はちょっと……なんですけど、猛禽《もうきん》の方と一緒にどこまでも高みに登れて、心が洗われるような気分で……」

クリムの頭上に浮かぶ光輪は一部欠けていて、そのために天使の力が不調なのだという。治らなければ天界にも戻れないので、わりと深刻な状況ではあるのだが。

（こいつ、サキュバス店めちゃくちゃ満喫してるよな）

少女のような顔で恥じらいながらも、どんどん遊び人として深みにハマっている。

そんな彼がほほ笑ましくて、スタンクはついついからかってしまうのだ。

「で、空のうえから愛の種をまき散らす気分はどうだった？」

「う、うぅ……正直けっこうよかったです……罰金さえ取られなければ」

かあーっと赤らむ天使の少年。その可愛《かわい》らしい反応を悪い大人がニヤニヤと見ていることに彼も気づいている。だから誤魔化《ごまか》すため、通りすがったメイドリーに話しかけたのだろう。

「あ、そういえばあの日、メイドリーさん出かけてませんでしたか？」

「私？　なんで？」

「空から見下ろしたとき、森の隙間《すきま》からメイドリーさんを見かけて……」

言いかけて、クリムは「ん？」と小首をかしげた。

「でもメイドリーさんにしては肌が黒かったかな」

「他人の空似でしょ。私、ここでずっとウェイトレスしてたし。それよりあんたたちにまた名指しで依頼がきてるわよ」

メイドリーは封書を置いた。

宛名《あてな》にはスタンク、ゼル、カンチャル、クリムの四名が並んでいる。カンチャルはべつの仕事を受けているので、残り三人で封を切ることにした。

依頼主は《性のマリオネット》。

「これって、こないだのゴーレム店だよな」

「あ？　なんか言った、ゼル？」

即座に嫌なことを思い出して睨《にら》みつけるのはメイドリー。

スタンクは手の平で彼女の圧力をやんわり押し返し、おもねりの笑みで応じる。

「いやメイドリー、あの一件については反省してるから。マジで。な？」

「……次はないからね」

全身から殺意を漏らしながら有翼人の少女は立ち去った。

「……危なかったな。この文面読まれてたらもっとヘソ曲げてたぞ」

ゼルはすでに読み終えたらしく、顎《あご》をしゃくってスタンクとクリムを促した。

追ってふたりも読み終える。

三人そろって固唾《かたず》を呑《の》んだ。

「……あのときのメイドリー人形が行方不明？」

# 第三話

# ラヴ・ブリンガー

《性のマリオネット》で三人のメイドリーがスタンクたちを出迎えた。

もちろん本人ではない。以前カンチャルが組み立てたゴーレム用のボディだ。

そこに核を入れれば意思を持って動きだす。

「その人形まだ残ってたんだな」

スタンクが訊《たず》ねると、トリプルメイドリーは生真面目《きまじめ》な顔で次々に答える。

「お客さまが作った人形はデフォルトコーナーにて展示します」

「自作が苦手な方はそちらから選んでいただくことも可能です」

「デフォルトの人形はご自由に改造していただいて構いません」

ふーむ、とスタンクは腕組みでメイドリーたちを見やる。

「たしかに全員ちょっとアレンジされてるな」

カンチャルの超絶技巧で組みあげられた当初、メイドリー人形は本物とうりふたつだった。

しかし目の前の三人には本物とあきらかに違う点がある。

ひとりは猫獣人型。

ひとりはケンタウロス。

ひとりはバストが床につくサイズの超乳。

多様な性癖の餌食となったことが見ただけでわかった。

「おまえら……これメイドリーに見られたらマジで殺されるぞ」

ドン引きするのは犬獣人のブルーズ。カンチャルの代理であり、彼だけは《性のマリオネット》未体験である。

「でもな、ブルーズ。おまえだって顔見知りのちょっと乱暴な給仕にうりゃうりゃと種付けできると想像したら、燃えてくるものがあるんじゃないか？」

「スタンク、ワシまで道連れにしようとするのはやめてくれ」

「ちっ」

こほん、とケンタウロス・メイドリーが咳払いをする。

「今回持ち去られたのは四体目の人形。そこの人間のあなたがプレイしたボディです」

「ちなみにどれぐらい改造されてた？」

「褐色角つきラミアといった組みあわせになっていました」

「変幻自在だなメイドリー。もう多数決で有翼人のほうが少数派になってるぞ」

「だから殺されるって」

メイドリー人形たちによると、事件は一週間前の営業時間に起きたのだという。

入店した客が六人、うち三人が自分用の嬢を組み立て中。

突如、デフォルトコーナーに煙幕が立ちこめた。

慌てて窓を全開にして換気したところ、デフォルトコーナーから人形がひとつ消えていた。

「それが褐色ラミアメイドリーってことか」

スタンクが問うと、トリプルメイドリーが一斉に首肯した。

「組み立て中のお客さまもおひとり消えています」

「不健康そうなラミアのお客さまでした」

「痩《や》せ形《がた》で、目のまわりに濃い隈《くま》ができていて、尻尾《しっぽ》も不自由そうでした」

ずいぶんと不健康そうな容疑者候補だった。

「ちょっと気になるな」

ゼルは尖《とが》った耳の先を掻《か》いて思考を巡らせる。

「ここの人形って重量はだいたい生身と大差ないだろ」

「はい、おおよそ同等です」

「通常の二足種でも結構な重さなのに、ラミアタイプなら尻尾の分だけ重さは増す。そんな不健康そうな男が気づかれないうちにちゃっちゃと持ち運べるもんじゃないだろう」

「魔法を使えばなんとかなるんじゃないのか？」

スタンクが疑問を差し挟んだ。

「当店では魔法感知器を設置しております」

「不自然な魔法は感知されませんでした」

「煙幕も薬品を調合したもののようでした」

ということは、筋力を増加させる魔法や転移魔法の可能性もなし。

一時的に透明化してその場に留《とど》まり、隙を見て逃げ出したということもないだろう。

「人形が自分で逃げ出した、というのはありませんか？」

クリムがおずおずと手を挙げて言った。

「人形が自分で、ということはありえません」

「ボディを動かすには核が必要です」

「核にこそわれわれのアイデンティティは宿るのです」

ゴーレムにとって体は仮初めの器にすぎない。意識は核にあり、給料も核に支払われる。

ボディはあくまで着替え用のコスチュームと言ってもいい。

「その核がメイドリーさんの人形に宿って、逃げ出したとかはありませんか？」

「当日出勤した核の数は増減していません。ボディとともに逃亡した可能性はゼロです」

「じゃあ、その日出勤しなかった核はどうだ？」

スタンクは言った。

「当店所属のサキュバス嬢は即日取り調べていますが、全員アリバイがありました」

「ぶっちゃけ途方に暮れています」

「デフォルトコーナーでも人気の人形でしたので」

一同はさらに詳しい話を聞き、現場の検分などもしたが、目立った手がかりはなし。

唯一、メイドリー人形がラミア化する際に取り外された翼パーツ以外は。

「ブルーズ、頼む」

「わかった」

ブルーズは翼パーツに犬鼻を寄せて匂《にお》いを嗅《か》いだ。眉間《みけん》に皺《しわ》が寄る。

「……いろんな男の匂いのなかにスタンクの匂いも混ざってる」

「気色悪いこと言うなよ」

「ほかにもいろんな匂いが混ざってるから、ちと難しいが……匂いはあっちに向かって伸びている……かもしれん」

屈強な犬獣人が指差すのは窓の方向だった。

一行は犬の嗅覚《きゆうかく》を指針に歩きだした。

店を出て、裏路地から裏路地へと進んでいく。

道すがら聞きこみをするが、目撃情報は手に入らない。

「魔法で姿を誤魔化《ごまか》すぐらいしてるだろうな。感知器なんて店を出れば関係ないし」

ゼルの推理の正否はともかく、手がかりが一向に増えないのもたしかだ。

やがて街を出るころになるとブルーズもお手をあげた。

「これ以上は無理だ」

「すくなくとも街から逃げ出したのは間違いないってとこか」

「ダメ元で精霊に聞いてみるか。細かい人相とか覚えてないだろうけど……」

手詰まり感に大人三人、頭を悩ませる。

あ、とクリムが声をあげた。

「あの、こっちの方向って猛禽類《もうきんるい》のお店があったほうですよね」

「どうした？　またザー汁まき散らし空中ファックしたくなったのか？」

「そうじゃなくて！　ボク、あのとき空から、メイドリーさんによく似たひとを見かけて……そうだ、あのひと肌が黒っぽかったんですよ！」

たしかにクリムは食酒亭でもそんな話をしていた。

出来すぎで胡散臭《うさんくさ》いぐらいだが、これも神に近い存在に与えられる祝福かもしれない。

「じゃあ行くか、クリムのザー汁くさい山のほうまで」

「天使の精子って加護効果ありそうだな」

「精子臭がこびりついた山とかワシは勘弁してほしい」

「なんでボクがいじられる流れになってるんですかぁ！」

涙目で喚《わめ》く反応のよさが嗜虐《しぎゃく》心を刺激するのだが、本人は気づいていなかった。


ミネルヴァ周辺の山に入ると、ブルーズの鼻がふたたび働きだした。

自然豊かな場所では人工物の匂いが際立つらしい。

ふいにしかめっ面になる。

「クリムの精子、匂い濃すぎ」

「う、ううぅ……！　そうですよ、ぜんぶボクが悪いんですよ！　ごめんなさい！」

「怒るなって。おまえが褐色メイドリーを見つけたのはこのあたりか？」

「どうでしょうね！　このあたりだと思いますけど、ボクの出したものの匂いで手がかりなんて全部上書きされてるかもしれませんね！　ごめんなさい！」

天使の少年はすっかりヘソを曲げていた。

（今度どっかの店でプレイ一回分ぐらい奢《おご》ってやるか）

スタンクはぼんやり考えながらも獣道を調べた。

「なあゼル、このあたりの草の折れ方、デカいヘビの這《は》った跡に見えないか？」

「ああ、たぶんそうだな」

森に住まうエルフのお墨付きは心強い。

確たる手がかりを得て、一行は迷わず前進する。

が、それは渓流に道を塞《ふさ》がれるまでのことだった。

「ぬう、ダメだ。匂いが完全に途切れてる」

川幅はスタンクが縦に三人連なったほど。深さもあって流れが速い。橋もなしに渡ろうとすれば溺死《できし》一直線だろう。

「計画的な逃走なら船ぐらい用意してそうだな」

「いままでの足取りにも迷いがないからな。川の精霊に聞いてみよう」

ゼルは川面《かわも》に手を浸し、聞き取れないほどの小声でごにょごにょと呟《つぶや》きだした。エルフの耳は目に見えない精霊の声を聞くために長いとも言われる。

「ふむふむ、なるほど……大きな木の塊が流れていったかも、だとさ。昨日《きのう》のことか数年前のことかはわからんけど」

「水の精霊ってやつは適当に生きてんな」

「流水にいるやつらはその場の流れに身を任せてるようなもんだからな。ただの流木って線もあるが、とりあえず追ってみるか？」

「棒立ちよりはいいだろ。あ、この場合の棒っていうのは……」

「ボクのほう見て変なこと言おうとしないでくださいよっ」

「すまん、つい」

一行は川に沿って山を下った。

　道しるべのある下り道は気楽なものだ。行きづまっても川沿いに戻ればいい。なんの道しるべもなく山で迷うと体力と気力が加速度的に失われていく。もっとも、精霊と会話できるエルフがいれば、最悪の状況は避けられるのだが。

　やがて川はふもとにまで流れ着き、最寄りの街の城壁に流れこんでいった。

「水運の街だな。あそこの水路を使ったら大河まで流れに乗っていけるから、追いかけるのがちょっとばかり厳しくなるぞ」

「いやスタンク、ちょっとばかりじゃないぞ。入るのも出るのも検問がある。夜だから水路の使用は厳しくチェックするはずだろうし、明日までは足止めを食らうと思っていい」

「しゃーねーな。今日は聞きこみに徹しよう。わざわざ大河を使うほど金使いの荒い盗人じゃない……といいなぁ」

　すでに空は暗くなっていた。

　一行は正門にまわって検問を通り、街に入った。

　居住区の家々からは薄ぼんやりとロウソクの明かりが漏れている。

　商業区は繁盛具合や業態によっては軒先に魔力の灯火《ともしび》が煌々《こうこう》と輝く。

　灯火がひときわまばゆいのは、商業区のさらに裏。

「この時間に聞きこみなら酒場か夜のお店だな」

「そうだなスタンク。強いて言えば捜し人はサキュバス嬢のガワだからなぁー」

「おまえらどんだけサキュバス店に行きたいんだよ……」

「ただでさえ出遅れてるのに……」
ブルーズの呆《あき》れた声にクリムが半眼でうなずく。
「いや、さすがに情報収集が前提だぞ。でもな、情報には対価が付きものだろ？　それなら金払ってプレイするついでに雑談のふりで聞き出すのも手じゃないか？」
「最初のお店で情報が手に入らなかったらどうするんですか。ボクはハシゴできるほど懐に余裕ありませんよ」
「そのときは素直に酒場で聞きこむさ。そら、行くぞ！」
クリムは納得していないようだが、スタンクは強引に押しきることにした。
街の裏、サキュバス店の並ぶ通りは夜に咲き乱れる花の道だった。
灯火用の結晶が軒先で色とりどりに輝き、道ゆく男たちを誘惑する。
掲げられた看板も多種多様。
《ピチピチフレッシュ大集合！　人間さん大歓迎！　――エルフのおやど二号店》
《あなたとふたりでニャンニャンタイム♪　――あぶない子猫》
《今日もアナタは石のようにガッチガチ――メドゥ子の石造天国》
《出しほうだい浴びせほうだい！　――産卵の泉》
《ヘイらっしゃい！　筋肉山盛りあるよ！　――美肉オーガニクス》
《一度見たら、もう逃げられない……――くねくね小屋》
一部よくわからない店もあるが、全体的には悪くないラインナップだ。
「手堅いのはエルフだけど、猫獣人も鉄板だよなぁ」

「俺はエルフはパスだ。お袋より年上のババアが出てきたら泣く。それよりメドゥーサがちょっと気になるな。魔法で石化耐性あげていったほうがいいのか……？」

「うーむ、オーガ……大きいのも筋肉質も悪くないが毛が薄いのは退屈だ……」

なんだかんだでブルーズも真剣に悩んでいた。

明後日《あさって》の方向を向いているのはクリムだけである。

が、彼の見つめる薄暗い路地裏にもサキュバス店の看板はあった。

「あの……あそこのお店ってなんでしょう」

一同は少年の指先を目で追った。

《リビングウェポン・魔法生物専門店──ラヴ・ブリンガー》

ほかより簡素な看板には、剣や鎧《よろい》のイラストが添えられている。

「おい、マジかよ……めちゃくちゃレア店だぞ、リビングウェポン専門なんて」

ゼルが瞠目《どうもく》して前のめりになっている。

「リビングウェポンって……しゃべる剣とか動く鎧とか、そういうのだろ？　そういうのって、エロいプレイになりうるもんなのか？」

「めちゃくちゃ硬そうだが……」

「無機物でも組み立てゴーレムぐらい可愛《かわい》い外見ならいいんですけど……」

ほか三人の反応は微妙もいいところだ。

しかしゼルは冷静に、いや早口気味に応対する。

「正直、キワモノもキワモノだ。俺だって剣や鎧に勃起《ぼっき》するかと言われたらしない。たぶんできるのは鍛冶《かじ》中毒のドワーフぐらいだろうさ。でもな、リビングウェポンでも高位のものになれば自分の分身を具現化できるし、魔法生物を取り扱ってるなら女型のなにかがあっておかしくない。なにより、こんな物珍しい店をレビューしたら写しも相当売れるんじゃないのか？」

「食いつくなぁ、ゼル」

「料金もほら、普通よりむしろ安いぐらいだ」

看板の料金表を見るかぎり、ちょっとお安めのサキュバス店といったところだ。

「レアなのに安いのはむしろヤバい匂《にお》いがするぞ……」

「たぶんリビングウェポンなら人件費は安くあがるからだろ。あいつら食事する必要もないからな。どうだ？」

「そこまで言うならワシは付き合ってもかまわんが……」

「毒の沼地に飛びこむ気分ですよ……」

サキュバス店を求める動機には二種類ある。

性欲と好奇心だ。

これらは本来、絶妙な配分で両立するものだが、今回にかぎっては後者の独壇場だろう。

「まあ、たまにはそういうのもアリか」

気まぐれに自慢の剣を振るうのも乙なものだ――

そう考えるだけの余裕が、このときにはまだあった。


店内の照明は薄暗い。

ムーディーな色彩の薄明かりというわけではない。

光源は味気のないロウソク一本。

橙色《だいだいいろ》の明かりを妖《あや》しく照り返すのは、壁際に並べられた武器防具道具などなど。並べられた、というよりは、乱雑に積みあげた、というべきかもしれない。

「どっちかって言うと下手《へた》な盗品屋って風情だな」

やっぱり勇み足だったかもしれない。スタンクはさっそく後悔しはじめた。

ブルーズとクリムは「だと思った」と言わんばかりの半眼。

ゼルにしても難しい顔で周囲の品々を見ていた。

「たしかにここらの品ぜんぶ魔力は感じられるけど……」

不満げな声を聞いていれば、大したマジックアイテムでないことは伝わってくる。

だれも得しない大ハズレ店の予感がどんどん強くなってきた。

「クヒヒ」

ヤモリを無理やり鳴かせたような、耳障りな笑い声が狭い空間に響く。

マジックアイテムに埋もれかけたカウンターの向こう。フードを目深にかぶった人影が、口角を引きつらせるように吊りあげていた。

薄暗い場所で突然そんな声と風体で出現されたら、正直ちょっと引く。クリムにいたっては露骨にビクリと肩を震わせていた。

「あー、受付のひと？」

スタンクは声の高さから女性と判断し、かろうじて愛想笑いを浮かべた。

彼女は口角をさらに歪《ゆが》めると、かたわらから鞘《さや》つきの剣を持ちだす。

「どうもいらっしゃいませお客さまがたオススメはインテリジェンスソードのシャベルカリバーちゃんです是非ともこの愛らしい声を聞いてください」

「アハーンッイクイクー」

「ハイじゃあシャベルカリバーちゃん5Pコースで四名さまご案内ですクヒヒヒ」

「待て、待ってお姉さん。まずこっちに選ばせてくれ」

おそろしく自分勝手なペースでしゃべる女だった。

怒濤《どとう》のトークはスタンクの制止を無視して四人を飲みこんでいく。

「お客さん結構な通ですねェわかりますわかりますよリビングウェポンだからってしゃべる必要なんてない黙れ無機物ってことでしょうハイハイでしたらこちらのシャベラナイカリバーキッズサイズなんていかがですか」

「いやそれリビングじゃないだろ、切れ味向上の魔法を付与しただけのダガーだろ」

「エルフのお客さんもお目が高いですねハイそうですいまのは軽いジョークなので本命はこちらご覧くださいジャジャーン一見ふっつーの兜《かぶと》ですが装備すると二度と脱げません内側に不思議な声が響きます殺せ殺せ殺せ血を見せろ八つ裂きだと」

「そんなもんさっさと解呪しろよ！」

ゼルはいつもの軽薄な笑みも忘れて怒気に顔を赤くしていた。いつも飄々《ひょうひょう》と悪ふざけ上等のエルフらしくもない。ろくでもない店に仲間を誘ってしまった罪悪感ゆえか。

「あの……せめてもうちょっと初心者向けのものありませんか……？　曲がりなりにも人の形をし

てるとか、顔が可愛《かわい》いような……」

「おっとなるほどご自分が可愛らしいから他者にも可愛さを求めるんですね天使のお客さんふぇッ天使ですかマジでマジかよ超レア種族じゃんビックリするわビックリしたわハイわかりました可愛いお顔をお求めでしたらこちらのメドゥーサの盾なんていかがでしょうか」

「盾に女のひとの顔がついてますね……たしかに美人さんですけど……」

「目が開いたら石化の視線が飛んできますが天使なら耐性とかあるんじゃないですか絶対あるでしょうハイ決定お客さん一名様ごあんなーい！」

「え、あの、背中押さないでくださいよッ、あっ、わ、あああぁ……」

ごり押しでクリムが盾と一緒にプレイルームに追いやられた。

取り残された三人は固唾《かたず》を呑《の》む。

「まずいぞ、ゼル……この隙に逃げ出したいけどクリムを置いてはいけない」

「すまん、みんな。俺が悪かった。今回は俺が全額出す……」

「ま、まあ、まだマシなのがあるかもしれないし、ワシもがんばって探してみよう」

三人は消沈してガラクタ置き場を漁《あさ》った。

見れば見るほどどろくなものがない。

せめてフェアリーサイズの自動人形でもあれば即決するところだが。

「あ、マジホだ」

「やったじゃないかブルーズ、大アタリだぞ」

「でもこれ変な匂いが……香水で無理やり消臭してるけど、うッわ、中身カビてるッ！」

「すぐに捨てろブルーズ！　使用後洗ってないやつだ！」

地獄だった。

クリムが囚《とら》われていなければ即脱出していたところだ。

それでも三人は懸命にマシなものを探した。

「……よし、ワシはこれでいく」

ブルーズは木彫りの熊を抱えていた。

口にくわえた鮭《さけ》を引っぱると「ぐおーん」と鳴き声があがる。

犬獣人の顔にはもはや虚無しかない。

「すまんスタンク、俺も先に選ばせてもらう」

ゼルは壁に立てかけられたフルプレートアーマーの肩を叩《たた》いた。

すると鎧全体がブルブルと振動する。

「比較的まだ人型のやつを選んじまった……卑怯《ひきょう》と言いたければ言ってくれ、俺はこのガラクタの山に屈してしまったんだ……」

「俺はべつにかまわないんだが……」

ハードル下がりすぎだろとツッコむこともスタンクにはできない。遠い目をしたゼルの姿はあまりに儚《はかな》く、いまにも消え去ってしまいそうに見えた。ブルーズも似たようなものだ。

(俺は諦《あきら》めない……後悔しない選択肢を見つけるんだ、自慢の剣に誓って)

ゼルとブルーズは饒舌《じょうぜつ》な受付嬢が帰ってくるなり、プレイルームに連れて行かれた。

取り残されたスタンクは股間《こかん》の剣がすこしでも反応するものを探す。

無駄に時間だけが過ぎていく。

「すいませんねお客さん取っておきの人造キメラもいるんですけどまだ調整中でして」

「キメラがいるなら可愛い感じの魔法生物はいないのか？」

「空気に触れた途端すべてを溶かしつくす獄酸スライムちゃんが」

「殺す気か」

「スライムではないけどポーションのたぐいは豊富にそろっていてアッそうだアレがあったお客さんちょっと待っててくださいよスンゴイのがありますから！」

受付嬢は背後の棚を漁り、淡い水色に輝くガラスの小瓶を取り出した。

「股間の剣をガチの剣にする魔法薬ー！」

「ほう、剣を剣に」

「私はかの魔法都市で世紀の大魔導士デミアに師事した高弟でしてねウソじゃないですホントだよマジマジワタシゼッタイウソツカナイなのでチョチョイのチョイで作りましたよ一回飲むと一時間ほど男性の逸物が鋼の剣になってしまうという代物です言ってみればアナタの股間そのものがリビングウェポンになるということですお客さんクヒヒヒヒヒ」

「ちょっと面白そうだな……」

スタンクはまだ気づいていない。

自分も仲間同様にハードルが下がりまくっていることに。

「たくましさを増した雄々しい魔剣でメス道具どもをガチャガチャキンキン言わせる至福の時間をアナタにプレゼントしますハイどうぞ一気にゴクッと」

「おう、じゃあいただきます、ゴクッ」

「うわ思ったよりアッサリ飲んだウケるクヒヒ」

勢いで飲んでしまったが、危険な薬ならゼルに治癒魔法をかけてもらえばいい。

スタンクの食道を甘みのある苦い汁が下っていく。

胃に落ちると苦みが熱になり、さらに体内を降下していく。

最終到達点は股間。男の剣がぶら下がる場所。

「お、お？　おおおッ？」

熱が瞬時に膨張した。

灼熱《しゃくねつ》が股間から一気に隆起する。

バチバチと紫電の散るがごとくズボンを引き裂いて、赤黒いものが屹立《きつりつ》した。

「お、おおおッ、俺の剣がガチの魔剣になった！」

スタンクの目の高さまでそそり立ったそれは、紛れもなく諸刃《もろは》を備えている。

天使クリムすら凌駕《りょうが》する凶悪無比の逸物だった。

「ではこちらのお部屋にどうぞどうぞ自慢の剣をお好きなように使ってください」

「よ、よし、うまいことなんとかしてみよう」

スタンクは生唾《なまつば》を飲んだ。なにか間違っているような気がするが、妙に昂《たか》ぶって仕方ない。出すものを出さなければ収まりそうになかった。

プレイルームは一見すると散らかった倉庫だった。

受付まわりも雑然としていたが、こちらは棚のひとつもない。

いくつもの木箱にあれこれ詰めこまれているが、やはりガラクタばかりである。

「そこにあるものは自由に使って楽しんでくださいねクヒヒヒ」

「あ、はい、どうも」

「それとサービスでこの鞘をお使いくださいリビングウェポンではありませんがある程度は伸縮自在に武器を収められる優れものですクヒヒヒヒヒヒ」

ドアを閉ざされて、スタンクは立ちつくす。

ノリでやらかしてしまった感がいまさら臓腑《ぞうふ》を寒くした。

「とりあえず……やるか」

渡された鞘を手に持ってみた。

装飾のすくない鉄ごしらえで、ずしりと重い。

魔剣の切っ先を鞘の口に添えればカチャリと硬質の音が鳴る。

「へ、うへへ、いやらしい音鳴らしやがって……？」

なんとか自分を乗せようと卑猥《ひわい》なことを言ってみたが、ちょっと虚《むな》しくなった。

（いや、ためらうな俺。ここから先に新たな世界が待っている）

自分の股間を一途《いちず》に信じて、腰を突き出した。

カシャンッ！

「おっ、一気に根元まで入ったぜ、このドスケベ鞘ちゃんめ！　このずっぽり具合なら手加減もいらないだろうから、いきなりハメまくってやるぜ！　オラッ喰《く》らえ！」

カシャンカシャンカシャンカシャンッ！

ガチャガチャッ！　ガキョンッ！

ガチンガチンガチンッ！

カシュッ！

「おっと、抜けちまった。あんまりにも滑りがいいもんでハメとくのも一苦労だぜ。なあ、鞘ちゃんよぅ、本当は感じてんだろ？　なんとか言ってみろよ？」

鞘の口にゆっくりと刃を滑らせ、往復する。

「ほうれほうれ、ハメてほしいんだろ？　パコパコしてほしいんだろう？　わかってんだよ、俺の剣はそういうのわかっちゃうんだよ。そうらそうら、いくぞいくぞ、また根元まで突き刺してメスにしてやるぜぇ……オラッ！」

ガチュンッ！

ひときわ強烈な突きこみで鞘を奥まで撃ち抜く。

まるでスタンク用にあつらえられたかのようにサイズぴったり。

ぴったりすぎてなんの摩擦感もない。

というか、魔剣に神経が通っていないのか、快感のひとつもなかった。

「……やってられるかあああああああああああああッ！」

スタンクは鞘を壁に叩きつけて、泣いた。

無精ヒゲの生えた頬《ほお》を濡《ぬ》らした。

涙が顎《あご》から滴るぐらいに、男泣きをしたのだ。

# REVIEW

## ラヴ・ブリンガー

### ◇人間 スタンク

0

ぼったくり警報発令！　リビングウェポン専門店とかいう看板だが、はっきり言ってロクなもんないぞ！　とくに受付嬢ゴリ押しの逸物魔剣化プレイが最悪！　魔剣になったチンポに性感は一切ないし、物も言わない鞘に抜き差ししてだれが喜ぶんだよ！　料金が安めってことを差し引いても論外だ論外！

### ◇エルフ ゼル

0

ぼったくりにしても酷すぎるわ！　並んでるのはリビングウェポンというよりただのマジックアイテム！　意思なんてなにも感じられないし、はっきり言ってただの無機物だ！　それでも付与魔法に見るべきところがあればまだいいのに、それだってちょっと……いいか、怖い物見たさでもやめとけ。俺は警告したからな！　……仲間を誘って撃沈した俺みたいになるな。

### ◇獣人（犬） ブルーズ

0

ぼったくり……というか、これはそもそもサキュバス店なのか？　木彫りの熊のな、口にくわえた鮭をな、引っぱると熊の鳴き声がする。逆に押しこむと目が赤く光る。それだけ。これをサキュバス嬢と言い張るような店なんだが……もう思い出したくない。

### ◇天使 クリムヴェール

0

おち、おち……

……盾に女性の顔がついていて、石化効果の邪視を使ってくるんですけど……ボクは耐性があるから石にはならないんですけど……闇属性の魔法だったみたいで、その影響は、心を、おち、おち、おち……おち……

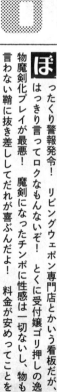

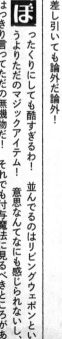

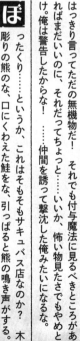

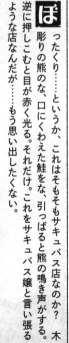

＊

一行は街の酒場に入るなり、怒濤の勢いでレビューを書いた。

書かずにはいられなかった。

優良店を褒めるよりも悪質ぼったくり店への文句のほうが筆は進む。

怒りと憎しみと自分へのいら立ちを、すべて紙面に叩きつけた。

「あー飲むぞ飲むぞ！　今日は飲んで忘れるぞ！」

「ここも俺の奢《おご》りでいい……本当にすまなかった、みんな」

「あんまり気にするな。ワシだってみんなを止めようとしなかったんだし」

「あうぅ……おち、おち、おち……おち……」

クリムはいまだに後遺症に悩まされている。

予定では褐色メイドリーの情報を集めるはずだったが、現状では少々難しい。聞きこみをするにも喧嘩腰《けんかごし》になってしまいそうだ。

明日だ。明日からがんばろう。そうだ、明日からだ。今日やれることは明日やってもいい。早朝に起きればきっとなんとかなる。

一同は飲んで食って憂さを晴らした。

食うだけ食って、二階の宿泊室で寝た。

ぼったくられたので安価な大部屋で雑魚寝《ざこね》である。だれのものともつかない高いびきが喧《やかま》しいが、泥酔したスタンクはすぐに眠りに就いた。


夢を見た。

目の前に自分がいる。

股間から剣を生やした全裸のスタンクが。

「クックック……俺こそが貴様の望んだ理想のスタンクだ……！」

「うーわー、夢だからってめちゃくちゃ言いやがるな俺」

「強い股間を誇っていただろう？　長さ、太さ、硬さ、形、長持ちするし回数もこなせる自慢の息子だっただろう？　しかし貴様の自慢はたやすく打ち砕かれてしまった——」

「そりゃまあ種族差は覆せないしな。オーガと張りあう気はねぇよ」

「だが筋骨たくましいオーガでなく、少女のような天使に負けたときはどうだった？」

「笑った」

「うん、まあ笑うわな。あれは笑う。でもそういう話じゃなくてだな？」

「ぶっちゃけ悔しいって気持ちはあるが、デカけりゃいいってもんじゃないだろう。フェアリー専門店でだれにも入らなくて泣きそうな顔してたアイツのこと思い出せよ」

「ウケる」

「だろ？　申し訳ないがウケるだろ？　デカさが問題じゃない。相性とテクだ」

「テクではカンチャルに負けてるくせに」

「その分デカさでは勝ってるし一長一短だっての。しつけーなぁ、俺」

「だって俺よ、できればこう、アレだ。おまえなんか俺じゃない、ここで決着をつけてやるぜ、うおおおおッ、みたいな熱い夢とか見たくならない？」

「アシュラのにーちゃんみたいなこと言うなよ。だいたい股間が魔剣のやつとそんな雰囲気になるわけないだろ。アホか」

「でもさぁ……俺、この股間だともうサキュバス嬢とも一発ヤレないんだぞ？　そしたらもう剣を剣として振るうしか道がないじゃないか……どうしようも、ないじゃないか……」

スタンク・ザ・股間ソードが崩れ堕《お》ちた。

しゃくりあげる声が鳴り響く。

「なるほど……たしかにおまえは俺だ」

普通の股間のスタンクは大きくうなずいた。

「そうだよ、当たり前だろ……おまえの夢なんだし」

「サキュ嬢遊びができなくなったら、俺もあるいはアシュラのにーちゃんみたいな悲しい戦闘狂になってしまうかもしれない……」

「よりにもよって股間の逸物を振りまわして戦う狂戦士だ……」

「嫌すぎる……なんて夢見てるんだよ俺……」

普通スタンクもなんだか泣きたくなってきた。

「あのな、普通の俺よ……念のため言っとくけど他人事《ひとごと》じゃないぞ」

「そりゃあ俺のことだし、万一そうなったら嫌だけど」

「万一じゃなくてだな。ほら、よく見てみ」

「は？」

おのれの股間《こかん》を見下ろした途端、全身に鳥肌が立った。

赤黒く輝く剣がぶら下がっている。

比喩《ひゆ》表現ではない。重厚にして鋭く伸びあがった禍々《まがまが》しい刃《やいば》がそこにある。

スタンクの自慢の逸物は、まさしく剣と化していた。


「俺の息子ぉおおぉおおおおおおおッ！」

スタンクは飛び起きた。

息が乱れている。全身が汗にまみれて気持ち悪い。

大部屋の窓からは朝日が差しこんでいた。

「夢……いやわかってたけど、ひっでえ夢だった……」

嘆息し、ふと気づく。

遠巻きに自分を取りかこむ視線の数々。

ゼル、ブルーズ、クリムのほか、宿泊客が総出でスタンクを中心に円陣を組んでいた。

「なんだよ、おまえら……俺を囲んでなんかの儀式か」

「あのな、スタンク。落ち着いて目を見開くんだ」

「寝起きで目がしょぼしょぼしてるんだよ……」

目をしばたたき、腫れぼったいまぶたをこする。

円陣を組んだものたちはそろって人差し指を立てていた。先端を向ける先はスタンク。精度をあげて言えば、スタンクの股《また》ぐらだ。

そこに赤黒い輝きがあった。

縫って修繕したズボンをふたたび突き破る禍々しき刃。

比類なき魔剣がふたたび出現したのである。

「……お、おおお、お、俺の息子ぉおおぉおぉおぉおぉおおおおおおーッ！」

男スタンクの悲痛な絶叫が朝の空気をつんざいた。

《ラヴ・ブリンガー》の受付嬢はスタンクの股間を見るなり歓声をあげた。

「うっひゃーこりゃまた素晴らしいことになってますねお客さん全男性の憧《あこが》れである巨根ですよ巨根すごいなーかっこいいなーラッキーですねお客さん！」

「うん、かっこいいのは同感だけど治してくれ、すぐ治してくれ。うちのエルフでも解呪できなかったから本気で困ってるんだ、な？」

スタンクは魔剣を股の力だけで持ちあげて刃を誇示した。

しかし受付嬢は怯《おび》えるでもなく、興味深そうに顔を近づけてくる。

「うーん治せと言われてもあの魔法薬が失敗だった以上はえーとどうすりゃいいのかなこれはこれでお得ってことで納得してくれません？」

「いくらなんでも無理だ！　ここまで歩いてくるのも一苦労だったんだぞ！」

宿からの道のりでは剣に布を巻きつけ、マントをしっかり閉じて誤魔化《ごまか》してきた。それでもマントの裾《すそ》から切っ先がはみ出すし、いちいち脚にぶつかって鬱陶《うっとう》しい。

このままでは依頼をこなすどころではない。

「なあ、あんた魔導士デミアの高弟なんだよな」

ゼルはカウンターに肘《ひじ》を置いた。

「はいそれはもうこのピュグマリエめちゃくちゃ優秀で熱心な弟子なのでわが愛《いと》しき師匠のすべてを継承したと言っても過言ではありません」

「肉体の変化を一定時間で確実に戻すぐらいはデミアなら余裕だろうな」

「わが愛しき師匠も愛弟子《まなでし》である私も当然のごとく余裕です」

「ならお師匠さんに顔向けできるよう一刻もはやく調薬してくれ」

「面倒くさいけどまあ仕方ないですねわかりましたやりますハイハイやりますよやればいいんでしょうアーかったるいなぁ」

口は忙《せわ》しなく動くのに態度は心底気だるげだ。女でなければスタンクも軽くキレていたかもしれない。彼女がいなければ元に戻れないので無茶はしたくないが。

受付嬢ピュグマリエはガラクタのなかから実験用の器具を取り出した。

調合メモらしきクシャクシャの紙を見ながら、釜《かま》に粉や液体を投じていく。

「俺も見てるから妙なことするなよ」

「しませんよエルフさん私はいつでも実験には真摯《しんし》です真剣ですマジですす剣化薬は自信作だったのですが結果はまえの性転換薬とおなじかぁ永続性転換も需要は普通にあると思うんですけどねいま

は失敗を乗りこえて新たな栄光をつかみますよクヒヒヒヒ」

釜の下に火がつけられた。

そのあいだもゼルとピュグマリエは調合について意見を交わしていく。

不安げにその様子を見ているのは紅顔の美天使だった。

「あの方に任せてほんとうに大丈夫なんでしょうか……？」

「ワシもちょっと不安だな……ああいうタイプの魔術師、まえに見たことがある」

「ああ、たまにいるよな……ああいうマッドな魔法使い」

一般的な倫理や周囲の迷惑を顧みず、知的好奇心のみを胸に抱いて実験を繰り返す。そんな困った輩《やから》の発明品が暴走したので止めてくれ、という依頼が過去に複数あった。

概して彼らは懲りない。何度でもやらかす。

「とりあえずゼルが見てりゃ大丈夫だとは思うが……」

ゼルに言わせれば、肉体を変化させる薬品はそこまで高度なものではないという。

難しいのは一定時間でしっかり元に戻すこと。

逸物の包皮も切るだけなら簡単だが、つなぎ直すのは難しい。おなじようなものだ。

もし昨日《きのう》ゼルがそばについていれば服薬を止めていたとも言っていた。不用心すぎるんだよ馬鹿と罵《ののし》られてもスタンクは言い返せなかった。

「いくらハズレ店だったからって捨て鉢はいかんな……いい勉強になった」

「むう聞き捨てなりませんね私が精魂こめて作りあげたこの店のなにがご不満だと？」

「この股間抜きにしてもろくな女がいないだろ」

「見る目がないお客さまですねいっぱいいるでしょ微弱な魔力で精いっぱい自己主張してくるカワイコちゃんたちの無垢《むく》で健気《けなげ》な姿に心の逸物が勃起《ぼっき》止まりませんよハイぶっちゃけ私ロリコンなのでがっつり魔力の通ったリビングウェポンより性能低めで好きほうだいできるあどけないマジックアイテムのほうがグッときちゃうんですよねロリコンですいませんクヒヒヒはずかP！」

「それロリコンって言うのか……？」

思ったよりも重篤なイカレポンチなのかもしれない。

「とはいえ低レベルなド三流に合わせないと商売が立ちゆかないのも事実なので私もいろいろ考えてるんですよ最近ようやくいい感じの人造キメラを確保じゃなくて創りましてもうちょっと精神的に安定したら客を取らせようと思ってましてアアッそうだいいこと考えた！」

ピュグマリエはパンパンと手を叩《たた》いた。

「ガラちゃーんお客さんにお茶だしてー接待してーパコパコやっててなんて言わないからお話だけでいいから慰謝料とか取られないようご機嫌とってちょうだーい」

「えー、マジ？　ウチがやんの？」

プレイルームの並ぶ廊下のさらに奥から声が返ってきた。

間を置いて、しゅるりしゅるりと床を擦《こす》る音が聞こえてくる。

下半身はヘビ。上半身は恐ろしくたわわな胸を揺らした褐色の少女。

見覚えのある顔立ちに、クリムが思わず声を漏らす。

「メイドリーさん……？」

「え、人違いじゃね。ウチ、ガラクタ生まれ……じゃなかった、人造キメラのガラちゃんって言いまーすよろしくー」

顔馴染《かおなじ》みの有翼人によく似た顔だけに、気だるげで粗雑な口調に違和感が止まらない。

しばしスタンクたちは硬直した。

目配せで合図をすることは忘れない。

まず動くのはブルーズ。犬獣人の素早さで瞬時にガラちゃんの背後を取る。

「えっ、なになにどういうアレなわけ！」

「おっと、逃げ場はないぞ？　こっちにきたら俺の魔剣が暴れちゃうぜ？」

スタンクは入り口のドアを塞《ふさ》いで股間の剣をブンブン振った。

退路を塞がれた状態で、ピュグマリエとガラちゃんが顔を見合わせる。

「もしかして《性のマリオネット》の追っ手ですかねイヤもしかしなくてもそうですねクヒヒヒなんたる不運ですか泣きそうです私もうちッくしょーう」

「だからもっと遠くまで逃げようってウチ言ったじゃんッ！」

「だってお店捨てるのもったいないじゃないですか小さくとも私の城ですよ」

「小さいしみすぼらしいうえに客もろくに来ないじゃんッ！」

「あーはいはいおふたりさん、喧嘩《けんか》は後にしようね。ピュグマリエさん、ちょいと失礼」

スタンクは剣の切っ先を受付嬢のフードに引っかけ、外させた。

露《あら》わになった目元は濃い隈《くま》で眼精疲労を訴えている。

「なるほど……肉体変化薬で下半身をラミアにでもして、男のフリであの店に入ったのか」

「いいえエルフさんあの下半身でしたらホラそこに」

ピュグマリエは顎《あご》をしゃくってカウンターの脇《わき》を示す。そこに被《かぶ》せられた布をまくると、ラミアの下半身がとぐろを巻いていた。

「けっこうな優れもので本物のラミアっぽく這《は》えるんですよ脱ぐと重いけど」

「そんなものを使ってまで、なんでよその店の商品を盗んだんだ？　キメラがほしいなら自分で作ったほうが、なんていうか、おまえさんらしくないか？」

スタンクは釈然としないものを感じていた。

頭のイカレた研究者に共通しているのは、自分ならなんでも作れるという根拠のない自信だ。他人の作ったものに甘んじるのは、少々らしくない。

「私が創るものは高等すぎて低レベルな民衆には伝わらないので金を稼ぐための苦渋の決断です思い出すだに腹立たしいですこんな媚《こ》びたデザインのボディを使うなんて」

「ウチ、なにげにサラッとひどいこと言われてね？」

「でも核だけは私が創りました傑作ですそこらのゴーレム核と違ってアッ」

ピュグマリエの振りあげた腕が卓上の小瓶を弾《はじ》き飛ばした。

ガラちゃんとブルーズの足下で、瓶が砕けた。

ぼわん、と立ちこめる刺激臭に犬獣人が白目を剥《む》く。

「ぎゃわんッ」

鼻を押さえ、もんどり打って倒れるブルーズ。

その脇をガラちゃんが通り抜けて裏口へと向かう。

「おっラッキーですね我ながら注意力散漫でよかったぁ逃亡のチャーンス！」

「おい、妙な動きをッ……！」

ゼルが動くより先に、ピュグマリエは口から団栗《どんぐり》サイズの水晶球を吐き出す。

カウンターにぶつかり、閃光《せんこう》が弾けた。

すべてが白くなった世界で、スタンクは一時的とはいえ無力化していた。

いち早く視界を取り戻すのはクリムである。

本来は天界に住む存在なのでまばゆいものには慣れているのだろう。

彼は迷わず外に出て声を張りあげた。

「ふたりとも別方向に逃げていきます！」

「目が治ったらこっちも二手に分かれるぞ！　ゼルとクリムはピュグマリエを頼む！　俺とブルーズはおっぱい倍増メイドリーを追う！」

「いやスタンク、ブルーズはダメだ。完全に鼻をやられてる」

「わ、悪い、ワシこれはちょっと無理……！」

うっすらと回復しだしたスタンクの視界で、ブルーズは鼻を押さえて悶《もだ》え苦しんでいた。

「あのイカレ女は俺ひとりでなんとかする！」

ゼルは店を出て駆けだした。

残されたのはクリムとスタンクのみである――が。

「クリム、先にいけ……俺はもう走れない……」

スタンクは絶望的な気分で股間を見下ろしていた。

ぶら下がった逸物は歩くたびに諸刃の刃で脚を傷つけるだろう。

持ち主の血をすする剣――まさしく魔剣。

「そんな馬鹿みたいな有様で深刻に落ちこまないでくださいよ！」

「股間《こかん》の事情ほど深刻になることがほかにあるっていうのかよ！」

「あーもう！　大きいものでもうまくポジションを調整すれば走れますよ！　いいですか、こうやって……ああ、うわ、触るの嫌だなぁもう」

クリムは心底気色悪いというように顔を歪《ゆが》め、魔剣をハンカチでつかんだ。

ぐっと持ちあげ、スタンクの胸に押しつける。店に転がっていた鎖を巻きつけて剣と胴を固定し、上からマントをかぶせた。

「ほら、これでもう大丈夫でしょう！」

「お、おう、まあいちおう……でも剣が首筋に当たりそうで怖いぞ」

「布かぶせれば平気でしょう、ほら！」

首元からはみ出した剣身が布に包まれた。見た目は不自然だが、なんとか走れる程度には下肢の可動域が確保されている。

「さすが巨チンの大先輩……頼りになるな」

「そんなこと言われてもぜんぜん嬉《うれ》しくない……」

ふたりは裏口から路地裏に飛び出した。

さいわい地面には大蛇の這った跡がしっかりとある。

スタンクは走り、クリムは浮遊したまま推進し、ガラちゃんを追った。

「走るたびに布越しの逸物が首とか顔にぺちぺち当たってくる……キツイ……」

「ピュグマリエさんを捕らえてちゃんと治してもらいましょう」

「俺がチンポビンタしてるときのサキュ嬢もこんな気分だったのか……」

「いやたぶんそれは違うと思いますが」

「おまえの巨チンでビンタされたサキュ嬢はどんな反応だった？」

「そんなことしませんよ！　女のひとが可哀想《かわいそう》でしょう！」

「えー。そんだけのデカブツあるのにビンタしないのかよ。宝の持ち腐れだろ」

「そんなことで腐る宝物なんていりません！」

「腐るとは言わずとも発酵したチーズみたいな匂《にお》いがするんだろ？　嬢たちにくさいくさいでもすきすきーって嗅《か》がれたり頬ずりされたらドキドキするだろ？　男の子なんだから」

「真面目《まじめ》に仕事やりましょうよ！」

こいつ答えずに誤魔化《ごまか》したな。スタンクはニヤついて精神状態を向上させた。クリムをからかうと心に余裕ができる。

行き先に水路が現れると、さすがにニヤけていられなくなった。

運河として利用されている幅の広いもの。問題は、まわりの道は石畳で舗装されていることだ。おかげで這った跡が途切れている。

「ど、どうしましょう、スタンクさん」

「慌てるな、あいつは相当目立つから聞きこみですぐにわかる」

「でも見た目だけならほぼ褐色のラミアってだけですよ。そこまで目立ちますかね……」

「間違うな、褐色・おっぱい・ラミアだ。あのおっぱいはすごかったぞ。GとかHじゃない。たぶんＪかＫまで軽く行ける。間違いない。目立つぞ！」

客に改造された結果、なかなか度しがたいバストになっていた。

あの天地を打たんばかりの乳揺れを見て、忘れられる男が存在するだろうか？

否。いるはずがない。スタンクの男の本能がそう言っている。

いるとしたら純度一〇〇％のロリコンか同性愛者だ。

事実として、スタンクの耳はすぐに彼女に関する情報を拾いあげた。

「飛びこんだねぇ……」

「おっぱいが飛びこんだねぇ……」

「俺もあの水面《すいめん》になりたかったねぇ……」

幸せそうな顔で水路を見下ろす男たちがいた。

彼らに話を聞くと、案の定おっぱいが泳ぎ去るところを目撃していたらしい。迷わず方向を示してくれた。褐色爆乳は流れに逆らう形で水底をスイスイと泳いで行ったのだという。

「へビというよりウミヘビみたいですね」

「どっちにしろ行き先がハッキリしてるから楽なもんだな、いくぞ！」

スタンクとクリムは水路を横目に走りゆく。

積み荷を載せた小さな商船や移動中の人魚と何度かすれ違った。街中の水路というものは運輸のためだけでなく水棲種《すいせい》の通り道も兼ねている。

水路が分岐する地点もあった。

人魚の男たちがニヤけ面を水面に出して一方向に目を向けている。

「いい乳だったなぁ……」

「産卵するとこ見てぇなぁ……」

「卵に子種ぶちまけてぇなぁ……」

「スタンクさん、楽で助かりますけどボクちょっと虚《むな》しくなってきました」

「なにがだ。おっぱいに心惹《こころひ》かれる男のなにがおかしい」

「わからないでもないのが余計に嫌なんですよ……」

クリムはまだまだ性に羞恥《しゅうち》を感じるお年ごろだった。サキュバス店のレビューを十件以上も書いているのに、いつまでウブでいるつもりか。そんなんだからからかわれるんだろうに。スタンクはちょっとだけ心配になった。一番からかっている張本人ではあるのだが。

「いいかクリム、本能を嫌うな。性を厭《いと》うな。拒絶していいのは、そうしたほうがプレイが盛りあがるときだけだ――」

「無闇に本気のトーンで言わないでくださいよ……」

「たとえば男嫌いで通ってるお嬢さまが、最初は近寄らないでくださいましって言うだろ？　そこにだ、うりうり体のほうは近寄ってもらって喜んでるぜお嬢さまと」

「追いかけるのに集中しましょうよ！」

「それはそれ、これはこれ。俺はいつだって性欲には誠実でいたいんだ。いまだって想像するだにウッちょっと股間がもぞもぞして、うおッ、魔剣が震えてる！」

胴体にくくりつけた逸物が欲情の高まりに律動していた。

姿は変わっても本質は変わらない。

やはりそれはスタンクとおなじ時を過ごしてきた唯一無二の相棒だ。

「そうか……おまえはいつものおまえなんだな。ははっ、悪かったな相棒、いくらなんでも邪魔だとか思っちまってたよ。でもやっぱり俺にはおまえが必要だ……」

「自分の股間に語りかけないでください……」

「じゃあおまえが話してみるか？　意外とシャイで礼儀正しいやつだぞ」

などと言っていると、
ざぱんっ。

前方の水面から褐色のメイドリーが顔を出した。

「ぷっはぁ、さすがに息つづかないっつーの！」

振り向く。

目が合った。

「……うえッ、まだ追ってきてたのッ？」

「クリム、確保だッ！　どさくさまぎれに乳揉《も》んでもいいぞ！」

スタンクは天使の少年を軽々と抱え、ガラちゃんに思いきり投げつけた。

「なななにするんですかぁー！」

「うーわッ、パツキンのガキが飛んできたんですけどぉーッ！」

ふたりが激突する、その寸前。

横からくり出された足が天使の横腹を思いきり蹴《け》りつけた。

ふぎゃ、と痛ましい声をあげてクリムは吹っ飛ぶ。水路に落ちる寸前でなんとか持ち直し、光の翼でふわりと浮かんだ。

蹴りを放ったのは小型の遊覧船に乗った蒼面《そうめん》の男だった。

「なるほど、その女が貴様の目当てか――」

男は舗装された岸に飛び移り、ガラちゃんをかばうように立ちふさがる。

「スタンクよ、やはり貴様は我と戦う運命にあるらしい――」

「また空気の違うやつが出てきた……」

蒼面六手の剣士――ヴィルチャナ。

彼は水路に手を伸ばし、ガラちゃんを手招きする。

「女、我の後ろにいるかぎり守ってやる」

「マジ？　イケメンは心までイケメンってやつ？」

ガラちゃんはヴィルチャナの手を借りて水路からあがった。

「いちおう言っとくと、そいつは盗品ってやつなんだが」

「生けるものを商品扱いとは、奴隷商人の走狗《そうく》にでもなったのか――？」

「いや、盗品に勝手に核をぶちこんだらしくて……あー、この場合どうなんだろ」

「ウチは道具扱いマジ勘弁って感じなんですけどー」

べーと舌を出すガラちゃん。メイドリーよりも軽い、というより子どもっぽいと言うべきか。創造主が一級の変人だったことを考えると、これでも真っ当に育ったほうだろう。

ヴィルチャナは静かにスタンクを見つめている。

双眸《そうぼう》には冷たい光が宿っている。雪解け水に浸した刃のごとき清澄な冷たさだ。

「どちらでも構わん。我から言いたいことはひとつ――」

「このイケメンはウチのために戦う愛のソルジャーってやつな！」

「決闘をしろ、スタンク――勝てばこの女を好きにしていい」

「そうそう、イケメンが負けたらウチを好きに……え？」

ふたりの間に悲しいすれ違いがあったようだが、事態が好転したわけでもない。

むしろ状況はおっぱい追跡時よりはるかに悪い。

スタンクはヴィルチャナの冷たい目を見て、心底嫌そうに顔を歪めた。

「わかったよ、その面倒くせー挑戦受けてやる」

# 第四話

# マジカルローション

係留中の輸送船上で、少年は名残《なごり》惜しげに岸を見つめていた。

荒くれた船乗りに囲まれて、天使の美貌《びぼう》はひときわ目立つ。

彼はこれから大河への船旅に出る――と言っても、半日足らずの移動時間なのだが。

「すいません、大変なときにボクたちだけ……！」

「気にすんなって。ブルーズの鼻、なんとか治してやらないとな」

スタンクは岸から気楽に手を振った。

天使クリムの役目は犬獣人ブルーズの付き添いである。

《ラヴ・ブリンガー》でブルーズの鼻を突《つ》いたのは、呪詛《じゅそ》がこもった薬品だったらしい。なまじ鼻の利く犬獣人だからこそ、嗅覚《きゅうかく》を介して呪力が最大限に発揮されてしまった。

治療には大きな神殿か高位の治療術師が必要となる。

だが、第三の選択肢があることをつい先ほどスタンクたちは知った。

「解呪であれば魔法粘液が存外よく効くそうだぞ」

水路の街でたまたま鉢合わせた顔見知りがそう言ったのだ。

青肌二本角の悪魔、サムターン。

街中でなにやら騒動が起きているからと野次馬根性で駆けつけ、偶然スタンクたちを見つけたのだという。彼は闇属性魔法や呪術《じゅじゅつ》に関してはゼルよりも詳しい。

「魔法で操るスライム状の粘液だが、種類によっては魔力の伝達効率をあげるらしい。とくに今回は鼻孔粘膜にこびりついているのだろう？　なら効果は期待できる。ただ、粘液を自在に操るのはちょっとした修練が必要だから、使い手を探すのがまず難儀だが」

「あ、それならボク、心当たりがあります」

「あー、そういやクリムがはじめてひとりで入ったサキュバス店がそっち系だったな」

「……はい、そうです。そのとおりです、はい」

というやりとりがあって、クリムとブルーズは船に乗った。魔法粘液をあつかうサキュバス店は大河を下った先にある。

係留が解かれて船が出航した。

「ブルーズ、粘液で鼻うがいがんばれよー！」

「毛に粘液が絡みついてゴワゴワするだろうだが忍耐するがよい！」

疲弊しきっていたブルーズがますます暗い顔をする。

彼ほどではないが、スタンクの顔色もあまりよくはない。

「スタンクも乗ったほうがよかったのではないか？　そのすさまじい股間《こかん》、魔法粘液を使えば効率よく解呪できるかもしれんぞ」

「俺だって美人の魔法使いさんたちにスケベ粘液で気持ちよく解呪してもらいたいさ。でもまあ、アイツとの約束をすっぽかすわけにもいかないだろ」

「例のアシュラか」

「そうそう、おまえとおなじ青肌の」

ヴィルチャナとの決闘は夕刻。

指定された場所は街の外の小さな丘。

街中で切った張ったをして逮捕されるのは懲りたらしい。

「アイツのクソ真面目な性格なら、約束は間違いなく守る。景品のガラちゃんを逃がすようなこともない。だから向こうの要求を飲むのが手っ取り早くはあるんだが……」

「結局その股間が問題になるな」

スタンクの魔剣は布をかぶせて胴体にくくりつけたままだった。足運びの邪魔にはならないが、上体の動きは制限される。

「その有様で六手の剣技を捌《さば》けるのか？」

「それなんだがなぁ。どうしたもんかなぁ。頼みの綱のゼルはピュグマリエを追いかけたまま帰ってこねえし……サムターン、おまえって呪術とか詳しいんだよな」

「それなりにな」

「もしかして治せたりしないか？」

「それでなんの得がある？」

さすがは悪魔。薄情というか素っ気ないというか。

「昼飯を奢《おご》る。だからこの切れ味鋭い股間をなんとかしてほしい。解呪でなくとも一時的に誤魔化《ごまか》す感じで、俺の動きを邪魔しないサイズにしてほしい。一度は元に戻ったんだから、不可能ってわけじゃないと思うんだが」

「完治させるには薬品の詳細な配合がわからねば話にならんが、一時的に誤魔化すだけなら……まあなんとかなるだろう。昼飯はフルコースだ」

「フルコースか。わかった、いまからいくぞ。食後すぐに治療の時間だ」

対価と条件を明確にして取引をする。それが悪魔サムターンとの付き合い方だ。

付け加えるなら、会話内容は正確に覚えておくべし。

スタンクは街を歩きながら目を皿のようにして、都合のよい店を探した。

「フルコース、フルコース、と……お、あそこがいいな」

「あれは……屋台ではないか」

ごくごく庶民的な屋台から香ばしい匂《にお》いが漂っている。

串焼《くしや》きにした鶏肉《とりにく》にタレをつけて売っているらしい。

スタンクは店主のラミア中年に景気よく呼びかけた。

「へい親父《おやじ》、この店の串焼き一種類ずつ、フルコースで頼む！　あと別に包んでほしいんだけど、このネギつきのとニンニクつきのを二本ずつ、あと手羽先、ぼんじり、ハツと砂肝とレバーと皮、そんで軟骨を……そうだな、塩ダレで頼む」

「あいよ旦那《だんな》！　フルコース＋α承りました！」

店主は手際よく焼き鳥を竜柏《りゆうがしわ》の葉で包んでくれた。

「そらサムターン、焼き鳥フルコースだ」

得意満面でスタンクは焼き鳥をサムターンに手渡した。

馬鹿馬鹿しい詭弁《きべん》である。フルコースと言えば一般的には高級料理店のものを指す。

だが――蒼面の悪魔はすこし首をかしげ、ふむ、と得心の様子でうなずいた。

「たしかに偽りなくフルコースだな。遠慮なく食すことにしよう」

「ああ、どんどん食ってくれ」

サムターンはある意味、とても律儀なのだ。額面だけであろうと約束には絶対に従う。言葉尻《ことばじり》を取られても怒ることはない。むしろ感心する気配すらあった。

（おかげで財布のダメージも最小限で済んだ）

どうせ散財するならサキュバス店でしたい。焼き鳥とはいえ量が多いのでそれなりの値段にはなるが、高級店のフルコースとは比べものにならない。

ふたりは街の噴水の縁に腰を下ろして焼き鳥を食べた。

「うむ、悪くない。肉はそこそこだがタレがうまい。タレだけ飲んでもよさそうだ」

「そういえばおまえ、なんでこの街にいたんだ？」

「面白いサキュバス店があると聞いたのだ。リビングウェポンの嬢がいるとか」

「それぼったくりだったし、もう潰《つぶ》れたようなもんだぞ」

「なんと。無駄足ではないか。どうしよう」

サムターンの目がぎょろぎょろと不安げにうごめく。律儀だからこそ、目的がふいになると自分のすべきことがわからなくなるのだろう。

「安心しろ、おまえには俺の股間を治すという役目がある。いまはそのことだけ考えていればいい。だからほら、はやく食え。俺はもうぜんぶ食ったぞ」

「う、うむ、わかった。わかったが……これ、けっこう量が多い」

「まあ売り物全種×タレ二種類だからな……」

うぷ、とサムターンの口からおくびが漏れる。焼き鳥を半分に減らしたころから表情が暗くなり、腹を撫《な》でる仕種《しぐさ》が増えていく。ややスリムな体型のとおり食が細いのだろう。

「食えないなら俺がもらおうか？」

「なにを言う。食って股間を治療するのが契約だ。おまえに食べさせたらご破算になる」

「あー。なるほど。うん、そうか。ならがんばって食え」

徐々にサムターンの青肌が灰色になり、汗が脂っぽくなっていく。

心なしか角も垂れ下がってきた。

どうにかこうにか完食したとき、若き悪魔は満身創痍《まんしんそうい》の瀕死《ひんし》状態となっていた。

「おふぅ、ふぅ、むぷっ……ぐ、おえっ」

「吐くなよ。真っ昼間の往来で吐くんじゃないぞ」

ここまでの惨状になるとは思ってもみなかった。品数のすくない店では卑怯《ひきょう》な気がして焼き鳥屋を選んだのだが、完全に裏目である。

それでもサムターンは完食した。

つねに上向き加減でげっぷを連発し、飽食の苦しみに耐えている。

「おぶッ、うぷっ、ふぅ、ふぅ、では治療をはじめようか」

「一休みしたほうがよくないか……？」

「食後すぐに治療という約束だからな。ほら、やるぞ」

「え、ここで？」

「食後すぐ治療という約束だからな」

すぐ、という言葉の解釈はほかにないかと思ったが、とくになにもない。

公衆の面前で男根のなれの果てを治療されるという屈辱がスタンクを襲った。


約束の丘は茜色《あかねいろ》に染まっていた。

ふたりの剣士が対峙《たいじ》する。

一方は蒼面六手。異なる形状の剣三本を静かに構える。

他方は渋面二手。両刃《もろは》の長剣一本を肩に担ぎ、「あー」と気だるげにうめく。

「で、勝敗条件はどうすんだ」

「命の奪いあいに条件などあるまい——殺すか殺されるかだ」

「ヤだよそんなの。勝っても負けても後味悪いし」

「真剣勝負とはそんなものだろう」

「物騒な世界で生きすぎなんだよ、おまえは……」

仕事で怪物を殺すのは日常茶飯事だが、相手が会話できる種族となれば当然気まずい。命は奪うよりも生み出す行為のほうがずっと楽しい。怨恨《えんこん》でもあるならともかく、ヴィルチャナに対しては面倒くせぇなぁという苦手意識だけだ。

「付き合ってやってんだからこっちの条件も飲めよ。首を捉《とら》えるか、降参させたら勝ちだ」

「——まさか勝負がはじまった瞬間に降参する気ではあるまいな、スタンクよ」

「それだと賞品がもらえないし」

スタンクはアシュラの背後のガラちゃんを見やった。

半眼でうんざりした様子である。

それも当然のことだろう。縄で木に縛りつけられ、身動きを封じられているのだから。

「ヴィルちんって顔はイケメンのくせに、性格超絶めんどくせーんですけど」

「うん、わかる。俺ンとこに来たほうがいいぞ」

「無精ヒゲのにーちゃんは目つきに下心しか感じねーんですけど」

「だけってことはないだろ。七割程度だ」

「あーもーはやく終わらせろー！　どっちでもいいから縄ほどけー！　もう何時間こうしてると思ってんのよバーカバーカ！」

ギャースカわめく人形少女を尻目《しりめ》に、場の空気が一変した。

ヴィルチャナが半歩、足を進めたのだ。

「女を縛りつけるのは気が進まぬが——致し方ないこと」

「さっきから気になってたんだが……顔めちゃくちゃ引っかかれてないか？」

「暴れるから縛らないとどうにもならなかった——」

傷だらけの蒼面に心なしか疲労の色がにじんでいた。

が、それもすぐに消え去る。

すっ——と。

彼が音もなく間合いを詰めること、半歩。

ただそれだけで場の空気が真冬の高原さながらに凍《い》てついた。

「あの木から葉が落ち、地面についた瞬間——死合おうぞ」

「あの木っておまえの背後だけど見えるのか?」

「気配でわかる——我は単顔の出来損ないだからな。顔がひとつしかないぶん、耳目鼻肌《じもくびき》で万象を知るすべを鍛えてきた」

「こないだ上から襲ってきた猛禽《もうきん》憲兵にあっさり捕まってなかったか?」

「不覚だった——学習した。二度はない」

彼は手一本で小さなナイフを後方に投げた。

木の枝に刺さり、葉が一枚こぼれ落ちる。

ゆっくりと降下していく。はらり、はらり、と大気にもてあそばれるように。

地面に近づくにつれて、さらに降下速度が落ちていく。それはあくまでスタンクの体感でのこと。

研ぎ澄まされた神経が体感時間を遅らせているのだ。

永遠に遊泳するかと思われた落ち葉が、とうとう終着に——

「ぶぁっくひょぃッ!」

ガラちゃんのくしゃみで落ち葉がわずかに浮いた。接地の瞬間が一拍遅れる。

ヴィルチャナは躊躇《ちゆうちよ》なく切りこんできた。

「せやッ!」

「よっと」

スタンクは大きく一歩退く。

鼻先を三つの刃が通りすぎた。紙一重。

「やはり初手は避《よ》けるか——面白い!」

「次はこっちも行くぞッ」

退きざまの動きにあわせて長剣を斜に走らせた。三剣の合間をすり抜ける軌道。

首を狙《ねら》う一撃を、ヴィルチャナは肩当てで受け流す。その剣の重さからスタンクの技量を感じ取って「おお」と感嘆。冷然とした顔に歓喜の笑みが浮かんだ。

こつんっ。

頭頂部に団栗《どんぐり》を受けて、笑みがわずかに歪《ゆが》んだ。

「どんだけ気をつけても虚を衝《つ》かれたらそうなるよなぁ！」

落ち葉がくしゃみで浮いたわずかな時間にスタンクが親指で打ちあげたものだ。

ヴィルチャナに生じた隙は寸毫《すんごう》にも満たない。

だがスタンクはそうなることを織りこみ、寸毫へ切りこむために動いていた。

身を翻して地面に手をつき、足払いを仕掛ける。

「ぬッ」

ヴィルチャナは片脚をあげて蹴《け》りをすかした。

その膝《ひざ》へと横薙《よこな》ぎの剣が襲いかかる。

「むうッ」

左二手の曲刀で受け流して、大きくバックステップ。

スタンクはすぐに立ちあがって向き直る。

ふたりの距離がふたたび開かれた。必殺には一歩足りない、仕切り直しの間合いだ。

「――面白い。実に面白い」

「おまえ本当にその——面白いっていうの好きだな」

「スタンクよ、おまえの剣技には美がない。泥を這《は》うヘビのような剣技だ。見てくれや名誉など投げ捨てた泥臭い剣——ゆえにこそ、正しい！」

ヴィルチャナは腰を低く落とし、びゅんッ、と矢のように踏みこんだ。

正面二手で太刀《たち》を鋭く突き出してくる。

（おっ、速い！）

いかに速くとも切っ先ひとつに囚《とら》われてはならない。敵はアシュラ。六手三剣の達人。

右二手の蛮刀は斜め上から首を狙ってくる。

左二手の曲刀は低空からスネを刈り取る軌道——いや、違う。

地面をえぐり、土で目つぶしを仕掛けてきた。

「きったねェ！」

スタンクはとっさにまぶたを閉じて目を守る。直前の光景と風切り音を頼りに、太刀の突きと蛮刀の斬り降ろしを半身で回避。顔に土がかかる。

ガキャンッ、と太刀と蛮刀がカチ合った。

直後、風切り音が不自然にうねりをあげた。太刀筋がありえない形にねじれる。

「秘剣——アナンタの首」

やべぇ——スタンクの背に怖気《おぞけ》が走った。

「どッせい！」

「ほう！」

　瞬発的に腰を深く落とし、その反動で剣を大きく撥《は》ねあげる。前面の空間を根こそぎ切りあげる剛剣。間一髪、迫り来る二枚の刃《やいば》をまとめて強引に弾《はじ》き飛ばした。

　開眼し、嬉々《きき》として見開かれたヴィルチャナの目と視線を交わす。

「そんな剣の使い方したら刃こぼれすんぞ、おまえ」

「音だけでわが秘剣を見極めたか——面白い！」

　ヴィルチャナはなおも攻勢を止めない。秘剣の出し惜しみはない。

　三剣がそれぞれの軌道で踊り、空中でぶつかりあう。たがいに弾かれあって軌道が激変し、予想外の角度から猛襲する。それが秘剣の正体だ。

　タネがわかったところで易々と避けられるものではない。ここまで太刀筋が変化しては、三刀流どころか倍以上の剣を相手取るようなものだ。

「うおッ、ほッ、わッ、うーわヤベッ、こわッ、勘弁しろこの野郎！」

「だが避ける——面白い！」

　スタンクにとっては面白くもなんともない。体捌《たいさば》きと剣捌きでどうにかしのいでいるが、おかげで防戦一方である。

　想定以上に強い。面倒くさい。

　おまけに当初の印象と違って生真面目《きまじめ》なだけでもない。

「土で目つぶしなんて汚いことするヤツとは思わなかった！」

「死地は無数にくぐり抜けてきた。泥臭いのも手の内だ——貴様とおなじようにな」

「俺は嫌な仕事をさっさと終わらせたいだけだっつーの」

サムターンに不意打ちでも頼んでおけばよかったと思い、すぐに考えなおす。

(それだとコイツ納得しないでまた絡んでくるだろうし)

七面倒な男に気に入られてしまった。

可愛《かわい》い女の子でもこういう好かれ方は御免こうむりたいところだが。

女の子とはやはりイチャイチャれろれろズボズボするのがいい。

女の子とイチャイチャれろれろズボズボしたい。

「もう帰りたい……」

「なぜ決闘の最中にそんなことを言うのか――」

「サキュバス店で嬉《うれ》し恥ずかしプレイタイムを楽しみたい……」

「こんなに楽しい戦いはないぞ、スタンクよ――」

「いや怖いだけだわ。なにが楽しいんだよ、これの」

「おまえほどの剣士が臆病風《おくびょうかぜ》に吹かれるはずもない――油断を誘う策謀か」

「素だが」

めまぐるしい決闘と並行して会話がつづく。

ともに並々ならぬ技量と胆力だった。

「だいたいさ、おまえ腕六本あるじゃん」

「しかり――この六本腕で戦うすべを我はずっと鍛えあげてきた」

「多すぎたら逆に邪魔になって大変だったりしないか？」

「数によっては満足に動かせぬ者もいる」

「六本腕も二本腕にくらべたらけっこう大変だろ」

スタンクはすうっと目を細めた。

見極めの時間は終わりだ。

踊るように軌道を変える剣を紙一重でかわし、ひゅるり、と自身の剣を突き出す。

「ぬ」

ヴィルチャナの頬《ほお》に傷痕《きずあと》がひとつ刻まれた。

構わず踊りつづける三本の剣は、しかしスタンクに傷ひとつつけられない。

「よッ」と長剣一本が走るたびにヴィルチャナの肌や服が浅く裂ける。

致命傷にはほど遠いが、着実に積み重なっていく。

「やっぱり肩と肩が干渉して間合いが限られてくるんだな」

「やはり二本腕は間合いが広いな――面白い」

二本腕の人間と六本腕のアシュラでは身体構造的に間合いが違ってくる。

刃の数で劣っていても、間合いで勝っていればできることもあった。

何事も一長一短。男がみな憧《あこが》れる巨根でも不自由があるのとおなじだ。

（とはいえ、これでネタ切れのはずもないだろうけど）

ふたりはともに後退し、距離を大きく開けた。

足を止めて乱れた息を整える。たちまち汗が噴き出した。心臓が胸骨を打たんばかりに脈打つたび、全身が重みを増していく。

会話をしながら飄々《ひょうひょう》と交えた剣だが、すべてに必殺の威力が込められていた。かわしたとはいえ神経はすり減る。気疲れすれば体力も削《そ》ぎ落とされる。

たがいに限界は見えていた。

「そろそろ終わりにしたほうがいいと思うんだが」

「よかろう――次で決めるぞ」

ヴィルチャナは三本の剣をそれぞれ大きく別方向に構える。

胴体ががら空きとなっていた。

（誘い受けか）

武器の数に勝り、間合いで劣るなら、受けにまわるのが手堅い。剣が三本あるということは、一本の三倍以上も守勢に長《た》けるということだ。

相手の攻撃を防ぎ、構えの崩れたところで距離を詰め、一撃を食らわせる。そういった戦法をしのぐには、一体どうするべきか。

「……最速で決めてやる。防御の暇なんて与えねえ」

スタンクは長剣を腰だめに構えた。右手は添えるだけ。左手の人差し指と親指だけで柄頭《つかがしら》をしっかり確保する。もっとも剣を長く、そして素早く突き出すための体勢だ。

「潔し！　こい、スタンク！」

「おうよッ！」

後足で強く大地を踏みしめ、スタンクは雷光となった。

紫電のごとく剣が走る。喉笛《のどぶえ》めがけて一直線。

致命の一撃を通すまいと三本の剣が瞬速で群れ集う。

瞬きにも満たぬ刹那《せつな》の交錯。

血が舞った。

「見事――」

蒼面の頬を雷光の刃がかすめていた。

直撃ではない。太刀《たち》と蛮刀がスタンクの長剣をすんでのところで搦《から》めとっている。

勢いあまって両者ほぼ密着状態。長剣の間合いではない。

「死の恐怖を感じたぞ――勇士スタンク」

唯一自由な曲刀が空中を滑る。この距離でも使いやすい形状の刃だった。

「させるかよッ」

スタンクは右手でナイフを抜いた。先のひと突きは左手一本でおこない、右手は懐に差しこんで準備していたのだ。

相手の間合いに入って懐刀で不意を打つのがスタンクの目論見《もくろみ》だ。

曲刀よりもナイフのほうが小さい。速度も上。一瞬先に首筋に到着して、終わりだ。

――そのはずだった。

なのに、あろうことか、ヴィルチャナはみずからナイフへと顔を突き出した。

自殺行為？　否、違う。

ナイフが静止した。スタンクは押しこもうとするが、動かない。

刃に噛《か》みつかれていた。

すさまじい咬合《こうごう》力が切っ先を捉《とら》えて放そうとしない。まるで獅子《しし》のあぎとだ。

「勝《ふぁ》った！」

ヴィルチャナの曲刀が迫りくる。スタンクの首を切り飛ばす軌道。

（一手足りなかったか……！）

時間の流れをやけに遅く感じる。刃が迫れば迫るほど時間が圧縮されていく。

過去の想《おも》い出が脳裏を駆けめぐった。走馬燈《そうまとう》というやつだろうか。

はじめてサキュバス店に入ったときのこと。

大アタリのサキュバス店で腰が抜けるほど気持ちよくなったこと。

初の純正サキュバス店で搾りつくされたこと。

ぼったくりサキュバス店で涙を飲んだこと。

ほかにもあれやこれや、サキュバス店がこれでもかと。

いい想い出ばかりだった。幸せな人生だった。

最期の瞬間、股間《こかん》にもりもりと力が湧《わ》いてくる。子を残したいという種の保存本能か。

——違う。

呼びかける声を聞いたような気がした。

死を否定する力強い衝動が湧きあがる——股間から。

逸物が叫んでいる。怒張している。死をまえにして女々しくも想い出に耽《ふけ》る情けない自分に、叱《しっ》咤《た》激励という名の充血現象を起こしているのだ。

人それを、勃起《ぼっき》という。

「おおおぉおおぉぉおぉぉぉおおおおおおッ！」

サムターンの施した封印を引き裂き、ズボンを引き裂き、空を引き裂く。

股間の魔剣は猛《たけ》り狂うままに曲刀を弾き飛ばした。

「なんと！」

真下からの一撃は完全にヴィルチャナの虚を衝《つ》いていた。

赤黒い刃はアシュラの頸動脈《けいどうみゃく》をいつでも切り裂ける距離でビクビクと脈打つ。

「俺の……いや、俺と息子の勝ちだ」

ヴィルチャナの手から残る二本の剣が抜け落ち、地面に突き立った。

彼自身もまた、崩れ落ちて地面に膝《ひざ》をつく。

呆然《ぼうぜん》とスタンクの屹立《きつりつ》を眺めながら。

「馬鹿な……それほどの大きさの剣を、いったいどうやって隠し持っていたのだ」

「チンポだ」

「なんだと？」

「これはチンポ、男性器、魔羅、そういったアレだ」

「に、人間の魔羅は鍛えればそれほどの武器になるというのか……！」

「ぜんぜん違うけどある意味そうだ！」

スタンクは勝利の剣を得意満面でぶるんぶるんと振りまわした。

「おまえは三本の剣を操る技術にすべてを注いできたかもしれない——だが俺は剣技以上に、股《また》から伸びあがる可愛《かわい》い息子で女たちに精子を注いできた！　知っているか？　一発の射精で放たれる精子は百や千でなく億までいくそうだぞ！」

「億――だと……！」

ヴィルチャナは目を剥《む》いた。三刀流や六本腕とは桁違《けたちが》いの数字である。

がくりとうなだれる。

「完敗だ――我は剣を振ることしか知らず、魔羅の使い道を理解していなかった」

「あ、やっぱり童貞なのか」

「女に惑わされて剣の道を誤るなど言語道断と思っていたのだが……」

「じゃ、今度俺がいい店紹介してやろうか」

スタンクは彼の肩を優しく叩《たた》いた。

ゆっくりと見あげてくる顔は、物を知らぬ幼児のようにあどけない驚きに満ちていた。

「いいのか……？」

「ああ、剣を交わした仲だろ」

だからもう二度と決闘とか仕掛けてくんなよ、というのが本心なのだが。

とりあえず信頼の証《あかし》として手を握りあう。

アシュラの握手は手をいくつ使うのかと思ったが、普通にひとつだった。

「じゃ、さっさとこっちの仕事を終わらせるか」

ガラちゃんのほうに目を向ける。

ぬるり、と縄から抜け出すところだった。

「……あ、見つかっちった？」

ガラちゃんは誤魔化《ごまか》すように笑う。その下半身は無数に枝分かれし、自在に動いて縄をほどいて

いた。どう見てもラミアのものではない。鱗《うろこ》はなく、かわりに吸盤が生えている。

「おまえ、その足……触手？」

「なんかさ、縄から抜け出したいし尻尾《しっぽ》もっと器用に動かないかなーと思ったらこうなってた」

彼女自身もよくわかっていないらしい。

「さすが私の作った核ですね ボディを変異させたようですナイスナイス」

忙《せわ》しない早口は頭上から聞こえた。

見あげれば、翼の生えたボートが空に浮いていた。

ばさん、ばさん、と羽ばたいて浮力を保っているらしい。

疲れ目のマッドな魔法使いピュグマリエはガラちゃんに縄を垂らした。

「ガラちゃんこっちこっち早く早く逃げるよ逃げるよカモンカモン煙幕ぶちかますから目には気をつけてねオラオラ食らえオスどもッ」

船から次々に投げ落とされた球体が、破裂して煙をまき散らす。死闘を終えてくたびれたスタンクには、とっさに標的を確保するのも難しい。

煙が立ち消えるころ、ガラちゃんは翼船に乗って遠のいていた。

いくらスタンクの剣がたくましかろうと空には届かない。

ふたりの会話ばかりがかすかに聞こえてきた。

「ピュグっち、逃げるアテあんの？」

「どんな場所であろうと私の発明意欲があらたな傑作を作りあげるでしょうねクヒヒ」

「いや発明とかいいから衣食住をなんとかしてよっつーか、この船ものすっげ揺れて乗り心地悪いんですけど。墜落とかしない？」

「いいですね墜落いいですよ失敗あればこそ進歩ありですので墜落したらより完璧《かんぺき》な翼船を作りあげてしまいましょうかね正直こいつ不安定すぎるから絶対使いたくなかったけど」

「降ろせ！　いますぐ降ろせー！」

「クヒヒヒヒヒッ！」

不気味な笑い声を残してふたりは消えた。

スタンクは嘆息して気分を切り替える。どうしようもないことは、どうしようもない。

「すまぬ、スタンク……手足を切り落としておくべきだった」

ヴィルチャナは申し訳なさそうに物騒なことを言う。

やはりこの男には遊びが必要だ。

教えてやらなければ。男としての使命感がスタンクを突き動かした。


スタンクは水路の街でゼルと合流した。

ひねた目つきのエルフは悪びれることもなく、肩をすくめておどける。

「あのマッド女、魔法の腕前はそこそこだけど妙な発明品をたんまり持っててな。しかも使い方がめちゃくちゃだし、つい取り逃がしちまったよ」

「ただ逃がしただけじゃないよな？」

「目印はつけといた。魔力信号を発する小さな虫をちょろっとな。だいたいどっちの方向に行ったかはわかるし、ひとまずは安心していいだろ」

で、とゼルはスタンクに同行する六本腕に目を向けた。

「そいつはどういうアレだ？」

「クリムのときと似たような感じ」

「なるほど、初心者さまご案内ってとこか」

色を知らぬ男にサキュバス店を紹介するのも乙なものだ。

初々しい反応を見ると擦れた心に生温かいものが満ちていく。

面白半分ともいう。

「――すこし戸惑っている。我、あまり女人と話したことがないゆえ」

ヴィルチャナは相変わらず真面目くさった顔だが、どことなく気後れしている様子だった。

「まあ、いきなりドギツイ店ってわけにもいかないよな」

「スタンクの股間も治さないとだしな」

魔剣化した逸物はゼルの手でふたたび一時封印を施されている。いつまた元に戻るかわからないので、抜本的な治療は必要不可欠だ。

「じゃあ、例の店だな」

「ああ、ちょうどいい」

ふたりの遊び人は堅物剣士に笑みを向けた。

「ちょいと川下りしなきゃならんが、おもしろい店を紹介してやる」

「かたじけない――船が必要なら我に心当たりがある」

三人は夕食を取ってから港に向かった。

ヴィルチャナの心当たりとは夜行専門の輸送船だった。乗組員は夜目の利く種族ばかりで、船長は彼に命を救われた猫獣人だという。

直前にサムターンも合流し、四人でタダ乗りをすることになった。

流れに任せて水路から大河へ。

海と見間違えんばかりの広大な水面を、ヴィルチャナは船首から眺めていた。

「この先にまだ見ぬ世界があるのだな――」

凛々しく結んだ口元がわずかにこわばっている。

「緊張してるのか？」

スタンクはだらしなく緩んだ口元で問いかけた。

「剣しか知らぬ我が身を今日まで誇らしく思っていたが――いまはすこし、頼りなく感じる」

「ビビる必要はないさ。これから使うのもおまえの剣だ」

「我の、剣……」

「生まれたときからブラさげてる正真正銘おまえの相棒だよ」

へへ、とスタンクは悪戯《いたずら》小僧のように笑う。

ふ、とヴィルチャナも小さく笑った。

「おまえの相棒に負けた以上、我も認めねばなるまい――魔羅の価値というものを」

「あ、でもアシュラってどうなんだ。腕とおなじで何本も生えてるのか」

「一本だ――おまえの相棒より大きさでは劣るが」

「さすがに魔剣状態のコイツより大きかったら引くわ」

はは、と笑い声が重なる。

剣を交わした者同士とは思えない気楽な空気があった。

あるいは剣を交わしたからこそかもしれない。片方の剣は逸物だったわけだが。

「おまえら楽しそうだな」

船尾のほうからゼルが疲れた顔で歩いてくる。

「おうゼル、サムターンのほうはどうだったんだ？」

「もう出すもんぜんぶ出して、なにも出せないのにオエオエしてるよ」

悪魔サムターンは昼の食べすぎが祟《たた》って船酔いになっていた。

スタンクの奢《おご》った焼き鳥はすべて川魚の餌である。

「魔法粘液って船酔いにも効くのかな」

「食道に流しこむのか？　さすがにそれは危ないと思うぞ」

「危険もあるのか――緊張してきたが、この落ち着かぬ気分もまた試練であろう」

「オエオエオォ……」

到着は夜明け前だった。

《動く魔法粘液プレイ――マジカルローション》
朝日に照らされて看板が輝いていた。
開店時間が早いのもいい。朝食を取ってすぐに入店できた。
魔法粘液を扱うには魔法の心得が必要なので、嬢はそろって魔法使い。

「俺は解呪ができる嬢を頼む」

「――待て、スタンク。解呪目的なら神殿なり治療院に行けばよいのでは？」

初々しい蒼肌男に、スタンクは指を振ってチッチッと舌を鳴らした。

「どうせなら気持ちよく解呪できたほうがいいだろ」

実際のところ、隙あらばサキュバス店で遊びたいというのが本音なのだが。

「なるほど――ムダを削《そ》ぎ落とし道を究めるということか」

「むしろムダを愉《たの》しむんだ。受付さん、この堅物には一番慣れてる嬢をあてがってくれ」

「いいのか、スタンク――我にそのような達人を」

「こういうのは初経験が大事なんだ。存分に楽しんでこい」

「そこまでの厚意を受ければ臆《おく》してなどいられんな――覚悟は決まった。いざ参らん」

残る三人もすぐに嬢を選んで、袂《たもと》を分かった。

それぞれの快楽を極めるために、おのが道を進むのだ。

ゆく先で待っていたのは、ベッドもカーペットもないタイルの部屋だった。あるものと言えば浴槽になみなみと満たされた水ぐらいのもの。

そのまえで魔女帽と黒のミニワンピースに身を包んだ女がお辞儀する。

「ヌラーラです……よろしくお願いいたします」

長い前髪で目元は見えないが、顎《あご》が細くて鼻口も整っていた。ワンピースは体に張りつくサイズで、くびれがはっきりと見てとれるのもいい。バストはガラちゃんなどに比べると控えめだが、それでもEはあるし形も綺麗《きれい》だ。むっちりした太ももだって色っぽい。

尖《とが》った耳も獣毛も角もない。スタンクと同種の人間らしい。

異種族マニアのスタンクだが、けっして同種に欲情しないわけではない。

むきり、と股間《こかん》に無邪気な衝動がこもった。

ばきーん、と一時封印を打ち破り、硬質の刃がそそり立つ。

「あら、らら、ら……解呪したいのはそちらの……？」

「ああ、俺の自慢の息子だ」

ヌラーラの声はささやくように小さいが、怯《おび》えているわけでなく地の声量だろう。口元にはほのかな笑みが浮かんでいるし、魔剣を恐れず顔を寄せてくる。

「解呪できるか？　わりと困ってるんだけど、これ」

「こんなおちんちんじゃ、スライムぐらいにしか入れられないですよね……かわいそう」

ウィスパーボイスが耳にこそばゆくて、魔剣がますます元気になる。

ふ、と刃に息を吹きかけられた。

直接的なこそばゆさと同時に、不可解な熱が剣身を駆ける。

次の瞬間、スタンクの逸物が発光した。

「俺の息子が光った！」

「呪術《じゆじゆつ》の様式を解析してるだけですので、ご安心くださいませ……」

発光する筋が無数に浮かんでピカピカと点滅する。なぜか妙に童心がくすぐられてしまう。小型化して量産したら子どもにバカ売れするのではないか。

デラックス・スタンクソード新発売！

「ふぅー」

さらにヌラーラがもう一息を吹きかけると、今度はリズミカルな音が鳴った。

ジャカジャカジャカジャカ♪

ドゥルッドゥルン♪

シャキーン！

「──ワンダフルMA～ッX」

「息子がしゃべった！」

「お元気な証拠です……形状と硬度の変化以外はきわめて健康的です」

よくわからないが、やっぱり男の子にバカ売れしそう。スタンクが子どもなら絶対に買う。

スーパー・デラックス・スタンクソード新発売！

ヌラーラには男の子のツボはわからないのか、ふむふむと冷静に解析をしている。

「……この呪術、どこのどなたにかけられたのですか？」

「ピュグマリエとかいうマッドな感じの女からもらった薬を飲んで、こうなった」

「……もしやと思ったのですが、やっぱり」

「アイツを知ってるのか？」

ヌラーラは苦笑いでピュグマリエに関する情報を語りだした。

それはひとりの奇矯な魔術師の物語。

はた迷惑な厄介者の自己満足でつづられる半生。

ひととおり聞き終えて、スタンクは盛大に顔を歪《ゆが》めた。

「……その話、マジで？」

「マジです……こちらの界隈《かいわい》ではけっこう有名ですから」

もちろん悪い意味で、だろう。話を聞いただけでも関わるべきではないとわかる。

「とにかくいまは、悪い魔女にかけられた呪《のろ》いをよろしく頼む」

「承りました」

ウィスパーボイスで応じると、ヌラーラは指揮棒サイズの小さな杖《つえ》を取り出した。指先でつまんで軽く振るえば、浴槽に溜《た》まっていた水が粘性豊かに蠢動《しゅんどう》する。

「お、水じゃなくて魔法粘液だったのか」

「魔法を通して動きだけでなく性質まで自在に操るのが魔法粘液ですので……」

ちょちょいと杖を振れば、粘液がタコのように浴槽から這《は》い出てきた。

スタンクの足下で柔軟に伸びあがり、服を脱がせてくる。

「器用に動くもんだな。服が濡《ぬ》れたりべとついたりもしないし、大したもんじゃないか」

「私なんてまだまだ……達人になると小麦粉を一粒つまみあげたりしますので」

「果てしなきローション道か……面白い」

だれかの影響を受けたような台詞《せりふ》が出た。

「この道を究めるために、いつも一所懸命ですよ……」

服がすべて脱がされた。

「ではその場にお座りください」

「座るって、椅子もないけど……お？」

真後ろで粘液が凹型の椅子に変じていた。

おそるおそる座ってみると、粘り気も水気もなく硬質の座り心地だった。

と思いきや。

「はい、どぼん」

椅子が崩れて、弾力の塊となってスタンクの尻《しり》を受けとめる。

「おっと、お、おお?」

尻が粘液に沈みながらも床に落ちることはない。たぷたぷと不安定だが優しい感触は、スタンクの大好きなものによく似ていた。

「おっぱいに受けとめられてるみたいだ……」

「やっぱり男のひとって、おっぱい好きですよね……」

くるりと杖の一振りで、手足や首にもおっぱい感が絡みつく。

「ほふ、おふ、溺《おぼ》れる……おっぱいに溺れてしまう……」

「安心して力を抜いてくださいさい……おっぱいがお股《また》の変なの治しますからね」

ヌラーラは子どもをあやすように言い、また杖をくるり。

粘液が魔剣に絡みついた。

「おっ、パイズリ感が俺の魔剣にみっちりと……!」

「感覚、ちょっと戻ってるでしょう?」

「あ、ほんとだ。言われてみればたしかに」

当初は痛みも快感もなかった魔剣が柔らかなものを感じている。

「表面近くの神経から、すこしずつ解呪していきますね。気持ちよかったら、腰へこへこしちゃっても、いいですよ」

「そんな、男がへこへこなんて情けないこと……」

「男のひとはいつも強気に振る舞うものですからね……でも、ほかにだれもいないんだから、どうぞ、へこへこしてみてください」

母性を感じるささやきだった。男のプライドがとろけていく。

男の子はいくつになっても根は甘えん坊なのである。

おっぱい感に溺れながら、スタンクは安らかな気持ちで腰に力をこめた。

ジャカジャカジャカジャカ♪

ドゥルッドゥルン♪

シャキーン！

「――ワンダフルMA～ッX」

「うるせぇ息子！」

「息子さんも昂《たか》ぶっているんです……剣という形を得たことで攻撃衝動が宿っているのでしょう。ほら、息子さんと一緒に、へこ、へこ、へこ」

「ううぅ、へこ、へこ、へこ」

不安定な状態で腰をへこらせるだけの身体能力をスタンクは持っていた。

へこへこは一往復ごとに加速する。

魔剣の刃が粘液を裂く。切って、断って、突きまわす。

どれだけ切断しても粘液はすぐ元に戻る。好きなだけ切り裂くことができた。

「あ、これ、なんか楽しい……！　ズバズバするの面白ぇ！」

「――ワンダフルＭＡ～ッＸ」

「感触をより肉っぽくしてみましたが、ご満足いただけたようで……そのまま好きなようにズバズバしててください……こちらは本格的に解呪していきます」

ごにょごにょとヌラーラは呪文《じゅもん》を唱えた。

透明だった粘液が淡い蒼碧《そうへき》のきらめきを帯びる。

その輝きはスーパー・デラックス・スタンクソードの輝きと干渉し、相殺する。

「あ……光が消えていく……」

「すこしずつ呪いを解きほぐしていきます……お客さんは腰へこをつづけて、息子さんの攻撃衝動を発散してあげてください……」

「わかった、へこる！」

へこへこするたびに快感が増し、反比例して剣の輝きが薄れていく。

徐々にではあるがサイズも縮んでいく。

かき鳴らされる音もデラックス感がなくなり、途切れ途切れになっていた。

ジャカジャカ……ドゥ、ドゥル……キンッ。

「――ワンダフルＭＡＸ……」

「ああ、息子が……息子が縮んでいく……！」

ついに念願の時が訪れた。

なのにスタンクの胸には、冬の北風のような心細さが吹き抜ける。

生まれてからずっと一緒にいた相棒である。トラブルで変身したのはつい先日のこと。いまの彼はあくまで事故の産物。紛《まが》い物の姿と言ってもいい。元の形に戻るなら万々歳だ。

（でも……クリムをはるかに超える巨根とお別れって考えると……）

サキュバス店を出禁になりそうな逸物が萎縮《いしゅく》していく。

なのに快感は高まるばかり。

不思議な違和感がスタンクの心に哀惜を呼んだ。

「息子……俺の、息子よ……！」

「ワ、ワ、ワ……」

「なんだ、なにが言いたいんだ、立派な息子！」

「ワンダフルMA～ッX……」

まるでそれは別れを告げるかのように儚《はかな》げな声だった。

粘液の渦中にあるのは、見慣れた普段の逸物。

魔剣は消え去ったのだ。永遠に、スタンクのまえから。

「息子……息子ぉおぉおおッ！　決闘のとき俺を救ったあの一撃、絶対に忘れないからな！　さらばだ、スーパー・デラックス・スタンクソード！　うおぉおおおおお！」

狂おしく腰を振った。

涙を流してプルプルたゆんたゆんの粘液をかき回す。

間もなくスタンクは頂点に達した。

「ううぅうッ、出るッ、別れの一発出るぅううッ！」

びゅるるるるーっと、快楽の白い塊が魔法粘液を貫いていく。

完全に貫通することはなく、粘液内で球状に溜めこまれていく。

射精が終わるまで一粒残らず溜めこんでから、勢いよく排出された。タイルにぶつかると、なにやら異様な黒い蒸気を立てる。

「これにて解呪完了しました……」

ヌラーラは首の汗を手でぬぐった。

「それじゃあ、これより粘液プレイ本番に入りますね」

「え、もっと気持ちよくなるの？」

「抜群に」

「やったぁ、お願いします！」

スタンクは涙を振り切ってキャッキャと無邪気に粘液プレイに耽《ふけ》った。

胸にあるのは、ただただ感謝の気持ち。

ありがとう、スーパー・デラックス・スタンクソード……！

おまえの分まで普通の息子が気持ちよくなるからな！

＊

# REVIEW

## マジカルローション

| | | | |
|---|---|---|---|
| ◇人間 スタンク | ◇エルフ ゼル | ◇悪魔 サムターン | ◇アシュラ ヴィルチャナ |
| 7 | 10 | 8 | 10 |
| 綺麗なおねーちゃんがドロドロの粘液を魔法で自由自在に操ってご奉仕三昧！　柔らかいのも硬いのも粘つくのもサラサラも変幻自在！　おまけに粘液を通じて高度な解呪もしてもらえるので、値段に目をつむれば治療機関としても優秀だぞ。ただまあ、俺は粘液に気持ちよくしてもらうより、粘液まみれのおねーちゃんとヌルヌル抱きあいたかったかな。 | ただのエロ粘液と侮るなかれ。液体に魔法を通して操る技術はかなり高度なものだ。嬢たちも結構な腕前の魔法使いだと思われる。巧みな魔力の流れを粘液から肌身に感じ取って、おまけにちんちんも気持ちよくなれるんだから、魔力フェチにはたまらんものがあるぞ。近いうちにもう一回行ってみようかな。 | 諸事情で腹の膨満感と吐き気に悩まされていたのだが、思い切って魔法粘液で胃洗浄をしてもらった。体内を粘液で蹂躙されながらも不快感の元を取り除かれる感覚は、泣きたくなるほど苦しい一方で不思議な郷愁を誘う。これはきっと故郷の魔界で沼に溺れた幼少時の記憶をくすぐられているのだろう。よい経験であったと思うぞ。 | 剣技を高めて一流の領域に立ったはずの我が身が、面妖な粘液に絡めとられ、言いしれぬ熱と愉悦に押し流されて涙ひとすじ。股からは乳粥のごときものがほとばしった。なんと恐るべき享楽か。極楽、否、地獄に落とされたのではないか。この感覚はいけない。堕落への誘惑だ。負けぬぞ。負けるものか。ちょっと負けたが二度はない。 |

店の近所の酒場でレビューを書き終え、一同は乾杯した。

「スタンクの股ぐら復活と！」

「ヴィルチャナのサキュバス店初体験を記念して！」

「カンパーイ！」

スタンク、ゼル、サムターンの三人はジョッキをカチ合わせた。

祝われているアシュラ当人は張りつめた顔で机と見つめあっている。

「魔羅いじりおそるべし……魔法粘液おそるべし……サキュバス店おそるべし……女人おそるべし──これ以上は危険だ、抜け出せなくなる……絶対にいけない……」

「あのー、あまり考えすぎないほうがいいですよ」

街で合流したクリムがヴィルチャナに優しく語りかけた。

「ボクもこのひとたちに引きずりこまれたクチなんですけど……あんまり否定しても面白がられるだけなんで、ふつーにしたほうがまだマシです」

「おまえも初めてのときは──変な声が出たのか」

「……まあ、出ましたよ」

「アヘアヘごめんなさい許してくださいと──無様に許しを請うたのか」

「ごめんなさいは言ったかも……でもアヘアヘは言ってない、と、思いたいです……」

「我は出す瞬間、泣いてしまった──悔しい」

歯がみをしてうつむき震える、六手三刀流の達人。

童貞卒業して調子づくどころか怯《おび》えるあたりは可愛げだろうか。

「で、だ。俺の股間《こかん》も万全に戻ったから、ガラちゃん捜索に本腰を入れたいんだが」

「ああ、それなんだがな。やっぱり相手もそこまでバカじゃなかったな」

ゼルは地図を広げて一同を見やった。

「水路の街から大河を渡って、しばらくいったこの地点で魔力反応が消えた。急いで追ったほうがいい。登りだから船を使うわけにもいかないし、陸路でケンタウロス輸送隊を使おう」

「交通費で足が出ません？　というかもう出てますよね、これ」

クリムはヴィルチャナの相手を切りあげて本題に参加した。

「必要経費は窃盗犯から引きずり出すよう《性のマリオネット》とも契約してある」

「ああ、搾り取ってやろう。ありゃとんでもない詐欺師だからな」

スタンクは苦笑とともに酒臭い息を吐き出した。

スーパー・デラックス・スタンクソードの一件があるから言うのではない。ヌラーラに聞かされた情報を吟味して判断したことだ。

「遠慮はいらない、徹底的にやるぞ」

魔剣の攻撃衝動の残り火がスタンクを静かに奮起させていた。

# 第五話

# 見つめて
# サディスティック

天使クリムには情報収集の才がある。

……とは、ハーフリングのカンチャルの言だ。

初対面で物を訊《たず》ねるなら第一印象が重要となる。

極論を言えば、絶世の美女と街一番の醜男《ぶおとこ》を並べて後者と話したがる者は少数派だろう。

見てくれで言えばスタンクは普通だが、にじみ出るようなロクデナシ臭がある。

ゼルはエルフらしく端整な顔立ちだが、目つきにロクデナシ感がある。

その点、クリムは乙女と見間違わんばかりの可憐《かれん》で純朴な美少年だ。

「あの……伺いたいことがあるんですけど」

問いかけながら、自分で太ももをつねって涙を浮かべるのがポイント。

涙まじりの上目遣いは多くの種族に絶大な効果を発揮する。

「ああ、なんだいお嬢さん。おじさんに答えられることならなんでも聞いてくれ」

商人風の装いをした人間の中年男は即座に陥落した。

街の大通りでのことである。

「実はひとを捜していて……目のまわりに隈《くま》がびっしりできた痩《や》せ形《がた》の人間女性か、下半身がダゴン系触手の褐色巨乳お姉さんを最近見かけませんでしたか……？」

「ふうむ、にわかに思い出せるものではないが……いや、しかし、うーむ」

「なにか思い当たることでもあるんですか……？」

「そうだねぇ、思い出すまですこし付き合ってくれないかな。ちょうどいい連れこみ宿……いや、シャレオツなレストランがあるのだがね」

男は馴《な》れ馴れしくクリムの肩を抱いてきた。

汗ばんだぶにぶにの手の平が気持ち悪くて、クリムの両腕に鳥肌が立つ。

「い、いいえ、あの、そこまでしていただかなくても……」

しきりに肌を撫《な》でてくるのだからたまらない。きめ細かな手触りに感嘆し、ふほぅふほぅと息を乱すのもおぞましい。

スタンクたちのセクハラ発言も大概だが、この男のように粘着質な印象は薄い。欲望をサキュバス店で発散する遊び人と、道ばたのナンパで発散する者の違いだろうか。

ただ、男の目つきから感じる異様な熱には覚えがある。

たぶんそれは、サキュバス店で嬢に目を奪われるときの自分と――

(あ、いまの連想はちょっと死にたい。いやかなり死にたい)

クリムは自分の発想のせいで金縛りに遭った。

「ふぅ、ふぅ、どうしたのかな、お嬢さん。気分が悪いならどこかで休憩しよう。ほぅら、あそこにちょうどいい連れこみ宿が」

「あ、あの、あの……」

相手と自分に対する嫌悪感で言葉がうまく出ない。

このままでは、連れこまれてしまう。それだけは勘弁してほしい。

万一、服を剥《は》がれようものなら、最後に守るべきものすら失われるだろう。

「ようクリム、そっちの調子はどんなもんだ？」

スタンクが人混みをすり抜けて現れた。

クリムと中年男を見くらべると、口元を下卑た形に歪《ゆが》める。

右目は半閉じに、左目は見開いて、タバコの煙を中年に吐きかけた。

「ぐはッ……！　な、なにをするのかね！」

「いやいやおじさん、うちの姫さんに目をつけるとはいい趣味してんじゃあねえか」

スタンクは中年の肩に手をまわし、間近からまた煙を吐きかけた。

「可愛《かわい》い女の子がお望みなら俺がいい店教えてやるからさ。なあ、ゼルよ？」

「そうさなぁ、可愛い女の子と遊びほうだいで基本料金五〇〇〇G！」

人混みからゼルがゲへゲへと現れる。

スタンクともども、普段の五割増しでロクデナシ面をしていた。

「ほら来いよ、天国見せてやるから」

「ちっちゃくて黒光りしてウジャウジャしてる子がたくさんいるぜぇ」

「なにかねその台所に湧《わ》いて出そうな子たちは！」

「ちなみのうちの姫さま、体のなかにそいつらホイホイ飼ってる種族なんだ」

中年男は脱兎《だっと》のごとく退散した。

いえーいとハイタッチするスタンクとゼルにくらべ、クリムの表情は暗い。

「情報収集ってこんなにツライものなんですかね……」

「おまえはまだ慣れてないからな。カンチャルの言葉を贈ってやる。笑顔でゲスになれ。へらへら笑いながら、チン毛までむしり取るつもりでいけ」

「いやスタンクさん、話を聞くだけでそこまでします？」

「だれにでもそうしろってわけじゃない。相手に悪意がなけりゃ笑顔でバイバイすりゃいい。だが情報を隠すヤツ、こっちをハメようとするヤツは絶対に出てくる。だから保険をかける意味で、無限の悪意を胸に抱くんだ」

スタンクの言葉にゼルがさもありなんとうなずく。

「最初は街の人間全員死ね殺す俺の悪意が世界を滅ぼすぐらいの意識でちょうどいい。堕《お》ちた天使になれ、クリムヴェール。堕ちるのは十八番《おはこ》だろ？」

「いろんな意味で堕ちてるからな」

「まあ心配するな、メスの体にドハマリして色に堕ちるのは男の常だ」

「自分がオスであることを誇りながら堕ちてゆけ」

なるほど――クリムは理解した。

いま自分の胸に湧きあがっているものが無限の悪意か。

(このひとたち一回痛い目見てくれないかな)

自分の手で痛い目に遭わせると思えないあたりが、やはりクリムであった。

とはいえ――悪意に目覚めたところで事態が好転するはずもなく。

ピュグマリエとガラちゃんの目撃談は集まらない。

空振りつづきの一同は酒場で合流して、いったん食事を取ることにした。

面子《メンツ》はクリム、スタンク、ゼル、そしてヴィルチャナの四名。ブルーズは魔法粘液が体にあわずダウンしたので置いてきた。サムターンはもともと別目的の旅から食酒亭の街に帰るところだったので、レビューを託して別れた。

「で、手詰まりになったわけだが」

スタンクは肉を頬張《ほおば》りつつ切り出した。

「街を移動してまた情報を探すか、ほかに手があるならどーぞご意見ください」

「まあ移動すりゃいいんじゃないか。俺も道すがら精霊に聞いてみるし」

「この街もまだ調べきってないと思いますけど……」

三人が頭を悩ませる横で、新参の仏頂面が六手のうちひとつを挙げた。

「サキュバス店はどうなのだ」

「どうってヴィルチャナ、おまえどんだけハマってんだよ」

「いや、そうではないのだスタンクよ。おまえは魔羅にかけられた呪術《じゅじゅつ》を解くためにサキュバス店を使った――おなじように、情報収集に使える店はないのか」

ヴィルチャナのごく真面目《まじめ》な顔に釣られて、ゼルも真剣に眉《まゆ》を結ぶ。

「たしかに……サキュバス店ってのは多種族文化の粋だ。大きめの歓楽街ならいろんな種族の嬢がいるし、たとえば占いなんかが得意なのがいてもおかしくはないな」

「よしじゃあ行くか、絶対に行こう」

「即決するあたりがスタンクさんですよね……」

食事を終えると四人はすぐに席を立った。

歓楽街へと歩きながら、先陣を切ったスタンクとゼルが小声でひそひそ話をする。視線は最後尾のアシュラに向けられていた。

「あいつ、依頼受けたわけじゃないから金もらえないのにがんばるよな……」

「完全にドハマリしてるだろ……クリムとおなじパターンだ」

「ボクには聞こえてますからね、ふたりとも」

かくしてたどりついた歓楽街で、数多《あまた》の看板をざっと眺める。

多彩な種族とプレイを謳《うた》う店が数多くあった。

《一〇〇歳未満のピチピチギャルだけ！　エルフさん大歓迎！　――ニンゲンパーク》

《今宵《こよい》スベスベ鱗《うろこ》の官能しませんか？　リザードマン専門店――愛の黒蜥蜴《とかげ》》

《ある日あなたに十二人の異種族妹ができました――シスター・プリンシパル》

《ドスンと一発！　ヘヴィ級！　――ガネーシャの鼻》

《スリムな肢体からもう逃げられない――スレンダーウーマン》

定番の種族から未知の存在まで多種多様。

「でも、だからって、さすがにそんな都合よく占いできるようなのは……」

「あるもんだな、ビックリだよ」

「え、あったんですか」

ゼルが見あげるのは、目の意匠をあちこちにちりばめた看板だった。

《ギャザー専門店――見つめてサディスティック》

スタンクとヴィルチャナもやってくる。

「ギャザーか……千里眼持ってるって話だけど、本当なのか？」

「真《まこと》だ。故郷でギャザーの占術師から『西に新たな出会いあり。其《そ》は深淵《しんえん》の覚醒《かくせい》へと通じる門なり』と言われて、私はここにやってきた」

その覚醒ってやっぱりボクとおなじですよね、とはクリムも口に出さなかった。

「サキュ嬢としてはSっ気の強い子が多いらしい。腹はくくっとけ」

ゼルは語りながらも足を踏み出すところだった。

スタンクも当然へらへら笑って行く。

ヴィルチャナは仏頂面で後続する。

（わざわざ腹をくくれなんて言うってことは、Sっ気が強いどころかドSが来るんじゃ……？）

クリムはおっかなびっくりついていく。

不安以上に好奇心が回転して光の翼に推進力を与えていた。


ギャザーは高い魔力と多眼で知られる種族である。

顔の目は左右一対と額にひとつだが、背から伸びた触手にも眼球が備わっている。

それらすべてが魔力を宿した魔眼というのだから凄《すさ》まじい。

「魔眼のオンとオフはしっかりしてますので、心配ご無用ですよ～」

嬢はゆるやかな口調でそう言った。すこし垂れた目尻《めじり》がおっとりした印象を強める。

体つきは肥満ではない程度の柔らかみがあって、抱き心地がよさそうだ。

（優しそうなおねえさんだけど……）

正面から目をあわせるのが気恥ずかしくて、クリムは視線をすこし落とす。

が、そこにも目があった。

ギャザー嬢は服のかわりに眼球つきの触手をその身に巻きつけているのだ。

「あの……ギャザーさんの魔眼って闇属性だったりします……？」

「わたし、ビホルーンちゃんといいます、よろしくね～」

「は、はい、ボクはクリムといいます。ビホルーンさん、よろしくお願いします……それで、ボク闇属性はどうしても苦手で……」

光属性の権化というべき天使は闇属性に弱い。気分が落ちこんでしまう。メドゥーサ盾の石化視に耐えながらも、闇属性の汚染で気が滅入《めい》ったのはつい先日のことだ。

「それも心配ご無用ですよ～。お客さんが本当に嫌がることはけっしてしません。クリムちゃんが苦手なものも、見ればだいたいわかりますし～」

触手眼がぎょろりとクリムを見据えた。

ざわ、ざわ、と体内に鳥肌が立つような寒気が走る。

「わたしたちって、けっこう臓器マニアなところがあって～」

「気のせいか猟奇的なこと言ってませんか！」

「違いますよ～。開腹とかはしませんよ～。見通せるだけだから～」

無数の視線が皮膚を透過し、体の内側をなめまわしている。彼女の言葉を聞いて生じた錯覚なのか、実際に視線を一種の魔力として感じているのか、にわかには判断できない。

よくわからないが、ちょっと、こわい。

萎縮《いしゅく》した少年の肩を、ビホルーンは優しく撫でた。

「あなたの体のなかキラキラしてて、見てるだけでうっとりしちゃう……筋肉はすくないけど、骨はしっかりしてるし、内臓は健康的だし、うん、とってもおねえさん好みです〜」

「あ、ありがとうございます……？」

内臓を褒められたのは初めてなので、喜ぶよりも困惑が先立った。

「お股《また》のほうもとっても素敵〜……」

透過性の視線が逸物を貫いた。むずむずして海綿体が硬くなる。

「あ、大きくなっちゃいますね〜……服のうえから見られただけでボッキしちゃう？」

ビホルーンは背後から耳元にささやきかけてきた。耳朶《じだ》をくすぐる声量と吐息、そして無数の視線。それらは火酒のようにクリムの神経を火照らせていく。

ひときわ熱いのは本能を呼び覚まされた股ぐらだ。

「あら、あら、あら。こんなに可愛《かわい》いお顔をしてるのに、お股のものはとってもたくましいんですね〜、うふふふふ」

「ど、どうも」

男の部分を評価されると恥ずかしくて赤面してしまう。相手に悪意がないので嫌だとは思わないし、誇らしさを感じないと言えばウソになる。

天使クリムヴェールもまた男なのだ。

「あら、でも――」

目に見えぬ視線がぎゅるりと収束した。男の剣の付け根、その下に。

「女の子の部分はとっても可愛らしいんですね～」

クリムは中性的で可憐《かれん》な顔をこわばらせた。

「そ、それも服のうえからわかっちゃうんですか」

「もちろん。内臓を見通せるんですから当然ですよ～……うふふ」

この場で隠すことでもない。

少年は男であるとともに、少女でもあるのだ。

天使が両性具有という事実は一般に知られていない。下界に存在する天使がクリムだけなのだから広まりようもない。サキュバス店ではプレイ中にバレることもあるが、脱衣前に言い当てられたのははじめてだ。

「ふぅーん、なるほどね～……男の子のほうはけっこうな純愛志向だけど、女の子のほうはちょっと乱暴なぐらいが燃えるんでしょ～？」

「ち、違っ……！」

「ただ乱暴なのじゃなくて、好みのタイプに激しくされると、そのひとの所有物にされてる感じでドキドキしちゃう……ってところかしら～」

「う、ううう……」

「あら、あら、涙目になっちゃって。事実でも口にされたらツラいですよね～？　こわいこと言われちゃったね～、悲しいですよね～、よしよし」

ビホルーンはふわふわの胸にクリムを抱き寄せ、頭を撫《な》でた。

柔らかなぬくもりに包まれて、心の負担が軽くなる。性的嗜好《しこう》を言い当てられたショックも和らぎ、感心の気持ちが強くなった。

（やっぱりギャザーの千里眼ってすごいんだ……）

肉体を内側まで見通し、性情すら読みとる眼力は本物だろう。

彼女ならガラちゃんとピュグマリエの居場所を占えるかもしれない。

「わたしになにか訊《き》きたいことがあるみたいですね」

「それもわかっちゃうんですか」

「さあ、どうかしら～」

くすりと彼女は笑い、クリムの手を引いた。

「さ、そこに座って～」

ベッドのまえまで誘導したかと思えば、手前の床を指差す。

「はい、ど～ぞ」

「……床？」

「わたしはこっち～」

ビホルーンはベッドに座り、にこりと笑った。

全身に巻きついていた触手がほぐれ、すべての視線がクリムの足を貫く。

「おすわり」

たちまちクリムの膝《ひざ》に電流が走った。

「あ、いまなにか痺《しび》れのようなものが……！」

「わ、すっごい。耐性が強いとは見てたけど、いまの強度で睨《にら》んでもその程度なんだ～。これはおねえさん全力でがんばらないとダメですね～」

「すごく嫌なことでがんばろうとしてませんか！」

「んんんん～っ、くらえ～っ」

触手眼が血走り、少年の細脚を稲妻のような痺れが貫いた。

クリムは崩れ落ちて尻餅《しりもち》をつく。

ベッドから見下ろしてくる多眼の女は、全身に汗を浮かべて肩で息をしていた。

「はあ、はあ、はあ……目、すっごくショボショボしちゃったぁ。これはもう今日はお仕事にならないかな～……ん～、しょぼしょぼ～」

ビホルーンは潤いをなくした眼球に点眼薬を差した。

その間、クリムは痺れた脚を手でさすって感覚を取り戻そうとする。

「あら～、手は動くんですね～。普通の種族なら心臓が破裂するぐらい睨みつけて、ようやく下半身だけとか、おねえさん史上はじめてかも～」

天使の状態異常耐性はきわめて高い。本来ならギャザーの視線すら意に介さないレベルだ。クリムとて頭上の光輪が欠けていなければ平然としていたことだろう。

「あ、あの、これってどういうプレイですか……！」

「眼力金縛りプレイ。うちのスタンダードですよ～？」

実質、緊縛ＳＭプレイである。

店名が《見つめてサディスティック》なのだから当然と言えば当然か。

「それで～クリムちゃんは～、わたしにどうしてほしいの～？」

ペットを愛玩《あいがん》するような優しい声音にぞくりと寒気がした。

脚を組み、つま先を少年の眼前で揺らす仕種《しぐさ》も、どことなく強圧的だ。

女王様の風格がそこにある。

「ええと、ボクは人捜しをしていて……」

「んー、千里眼を使った占いをしろってこと～？」

「お願いできないでしょうか……？」

「ん～……どうかな～」

ビホルーンは子どもがすねたように口を尖《とが》らせている。

「どうして占い師じゃなくてサキュバス嬢にそんなことをお願いするの～？」

「それは……仲間内でそういう話の流れになって……」

「じゃあ、クリムちゃんは占いだけが目的で、おねえさんはどうでもいいの～？　悲しいな～……

おねえさん、かわいいクリムちゃんが大好きなのに～」

「い、いえ、けっして興味がないわけではなくて！　おねえさん美人ですし！」

「あは、嬉《うれ》し～！　クリムちゃん欲情してくれてるんですね～」

「は、はい……まあ……」

羞恥《しゅうち》にうつむこうとしたクリムの顎《あご》を、ビホルーンのつま先が下からすくい上げた。

優しく見下ろすふたつの視線と、酷薄に貫く無数の視線がクリムをがんじがらめにする。

――逆らえない。

そう思ってしまった。

「おねえさんね、いやらしいこと大好きなクリムちゃんが大好きだから～、占いなんかよりもたっくさん気持ちいいことしてあげたいんですけど～……クリムちゃんはどうなの？」

「どう、と言いますと」

「制限時間いっぱいきもちよーくイジメてもらいたくない？　わたしは～、占いなんかで時間を取るよりも～、そのあいだずっとクリムちゃんを可愛がってあげたいな～って」

いじめられるなんて嫌だ。怖い。もっと優しいのがいい。

けれど、ギャザーの多眼で見据えられると、心が自由に動かない。

命令を聞いて服従するのが最高の幸せだと思えてくる。

（また新しい世界を開かれてしまう……）

下界に降りてきてから未知の快楽に翻弄《ほんろう》されっぱなしだ。

スタンクたちに出会って猫獣人専門店で初体験を済ませてしまったときも。

ＴＳ専門店で女の子の部分を徹底的に愛されたときも。

自分ひとりで《マジカルローション》を訪れたときも。

（いや……ボクはもう以前のボクじゃない！）

天使クリムはひとりでサキュバス店に入れるまでに成長したのだ。

スタンクやゼルのように性欲を乗りこなす一人前の男である。

彼らもいまごろギャザー相手に奮闘している。自分ひとりが成果もなしに終わることなんて絶対にできない。

「ビホルーンさん……！」

「なあにかな～、ク～リムちゃん」

クリムは歯を食いしばり想起する。情報収集に必要なことはなんなのかを。

ふす、と歯をゆるめた。

目をうるうるさせて、雨に濡《ぬ》れた子犬のように哀れな表情を浮かべる。

「占い、してください……でないとボク、みんなのところに帰れません……！　どうか、どうかおねえさん、力を貸してください……！」

涙が頬《ほお》を伝った。

天使の美貌《びぼう》が涙に濡れたとき、その威力は万人の胸を貫く。

「あぁ～、そんな顔されちゃったら、わたし困っちゃいますよ～……」

ビホルーンは切なげに吐息をつき、クリムの表情を視線で貪《むさぼ》る。もし彼女の目が食事のための器官なら、至上の美味に舌鼓を打っていたところだろう。

「すっごくかわいい顔……すっごくいい表情……」

はぁ、とまた嘆息し、彼女は大きくうなずいた。

「うん、すっごくいい演技！　ウソだとわかっていてもキュンとしちゃいました～！」

「あ、バレてたんですね……」

「ギャザーをなめないでくださいよ～」

えっへん、とビホルーンは豊かな胸を張った。

（やっぱりボクには無理だったのかな……）

情報収集の才があると言われ、自分なりにがんばってみたつもりなのだが。

落胆に肩を落とすクリムに、ビホルーンはくすりと笑う。

「でも～、クリムちゃんの名演技におねえさん感動しちゃったので～、今回にかぎってはとっくべつに占いがんばっちゃいます！」

「ほ、ほんとですか！　ありがとうございます、ビホルーンさん！」

歓喜に輝いてもやはり天使の顔には強い魅力がある。お願いを聞いてあげてよかった、と思えるだけのものだ。カンチャルの見立てた才の片鱗《へんりん》がそこにある。

「とはいえ、金縛りで魔力をほとんど消費しちゃったから～、けっこう無理がたたっちゃうかもしれないので～。クリムちゃんにもお願いしたいことがあるの～」

「ボクにできることならなんでも言ってください！」

「うん、良い子ですね～。じゃあ、占ってるあいだずっとその手でオナニーしてて」

「はい！　……はい？」

輝いていた少年の表情がこわばった。

「おねえさんのテンションがあがるように、とびきりえっちなオナニーをしてください～」

「テンションはあがるかもですけど魔力は回復しませんよね！」

「どっちか選んでもいいですよ～？　男の子の部分か、女の子の部分か」

「選択肢が嬉しくない……！」

「そうかな～、嬉しいと思うけどな～」

不思議そうな顔で恐ろしく一方的に決めつけてくる。ほんわりした口調は真綿で首を絞めるように優しく、しかし着実にクリムを冒していた。

(もしかしてボクのほうがおかしいのかな……?)

そんなふうに疑問に思ってしまうのも、あるいは魔眼の効果かもしれない。

性への抵抗感が摩耗するにつれて、肌が敏感になっていく。

それを感知したのか、触手がはらりはらりとビホルーンの体から剥《は》がれだした。ヘビのように首を伸ばし、天使の肢体をあらゆる方向から取り囲む。

「あ、あぁ……そんなに、見ないで……」

うつむこうとも顔を逸《そ》らそうとも妖艶《ようえん》な視線はクリムを逃さない。

なぜか目をつむることもできなくて、魔眼と目をあわせることになってしまう。

「ねぇ〜、想像してみて……」

視線が首筋を撫でた。クリムはびくりと胴震いする。

「とっても大きなガチガチぼっきくんをおねえさんのまえでシコシコして、わんちゃんみたいに息を乱して、ぴゅっぴゅっ、びゅ〜びゅ〜、どぴゅどぴゅ、びゅるびゅる、おねえさんにかかっちゃうぐらいたくさん出しちゃうの……それをじぃ〜っと見てたおねえさんもわんちゃんになって、はぁはぁして、クリムちゃんとえっちしたい、えっちしてちょうだい、お願い、ねえ……って、なっちゃうの。クリムちゃんのオスに屈服させられちゃうの……」

想像してしまう。ビホルーンを組み伏せたらどれほど心地よいのかと。

見るからに柔らかそうな体を思いきり抱きしめ、一心不乱に腰を振るのだ。

頭を撫でられ絶頂できたら、きっと天にも昇る気分だろう。

「それとも～」

視線が尻腿《しりもも》を撫《な》でた。麻痺《まひ》したままの下肢に熱い衝動が流れこむ。

「ちっちゃく閉じた愛らしいワレメちゃんをおねえさんのまえでヌポヌポして、子豚さんみたいにみっともなく鳴いて、自分が恥ずかしくなってゴメンナサイゴメンナサイって謝りながら何度もイッて、情けなくて罪深い自分を罰してほしくて……おねえさんを上目遣いに見つめて、こう言うの。えっちなボクに罰をくださいって。そのときは麻痺は解いてあげるから、四《よ》つん這《ば》いでわんちゃんになってね～？　おねえさん、従順なわんちゃんにご褒美あげるの大好きだから～」

想像してしまう。思わせぶりに揺らめく触手が自分を襲ってきたらと。

四つん這いで抵抗もできずになぶられ、それでもきっと淫《みだ》らに悦《よろこ》んでしまう。

みっともない痴態をつぶさに観察され、負の快楽に堕落するだろう。

（そんなの、どっちもダメだ……！）

仮にも神に仕える天上の住人、天使である。

一時の欲望に屈して醜態をさらすなどあってはならない。

（でも……いまさらではあるし……占いはしてもらわないとダメだし……）

醜態をさらしたのは一度や二度ではない。

サキュバス店に入るたび、天上の神には絶対に見せられないアレをしたり、同僚の天使に知られたら後ろ指差されそうなソレをしたり、享楽のかぎりをつくしてきた。

そして今回のコレは、仕事のためのやむない処置である。

（うん、そうだ、仕方ない……ボクがえっちなことしちゃうのはもう、どうにも避けられないこと

だから、神さまごめんなさい、許してくださいというかことで、どっち選ぼうか）

ようやく思考が選択肢に直面した。

さて、どうしたものか。

より真剣味を増して悩む。

（やっぱりSM的な怖いのは嫌だし、男としてえっちするほうがいいかな……でもこのおねえさん、怖いけど包容力も感じられるし、怖いこと自体がなんていうか、恐れ多いっていうか、神さまにかしずいてるときの気分に近いっていうか、ああ、この考え方すごく不敬でダメかな、ダメだよね、うん、ダメだけど仕事のためだからお許しください我が主よ……よし、じゃあそろそろ決断をくだそう。ボクが望むのは……）

パン、とビホルーンが柏手《かしわで》を打った。

「ぶっぶ～時間切れー。優柔不断なクリムちゃんにおねえさんご立腹で～す」

「え、えぇぇ……それじゃあ……」

「両方でお願いしま～す」

触手が腕に絡みついていた。

引っぱられるまま、右手は極太の逸物へ。

左手はその下の裂け目へ。

「男の子のクリムちゃんも、女の子のクリムちゃんも、一緒に気持ちよくなってね～。ほら、はやくぅ。占いしてあげるから～」

「……はい、やります」

クリムは服越しに逸物を握り、裂け目に指先を這《は》わせた。ただ触れただけなのに性感神経が焼ける。先端と最奥から喜悦の雫《しずく》がこぼれだす。

こすれば早速、堪《こら》えようのない快感が声帯を震わせた。

「あぁ、ん、んぅ……はぁ、あぁ……」

「あら、ら、ら～……天使の喘《あえ》ぎ声ってとっても綺麗《きれい》なんですねぇ。女として嫉妬《しっと》しちゃいそうだけど～、ガマンして占いしちゃわないとね～」

ビホルーンは顔の目を閉じ、触手眼を多方向に向けた。

粘りつくような視線から解放されて、クリムは安堵《あんど》よりも寂しさを感じた。

「じゃあクリムくん、捜してるひとの特徴を教えてくださいね～」

「んっ、ふ、はい……えっと、一人目は――」

クリムはガラちゃんとピュグマリエのことを話しだした。

手は止まらない。竿《さお》と穴に愉悦を擦りこんでいく。

息が切れて、言葉がおぼつかなくなっていく。

一通り話し終えると、ようやく意識を両手に集中することができた。

「ぁあ、おねえさん、ボク、ボク……！」

ふたつの性器に媚熱《びねつ》が充《み》ち満ちて、炸裂《さくれつ》寸前まで昂《たか》ぶる。

もういつでも放てる。気持ちよくなれる。

「あ、そうだ。わたしが占うより先にイケたら、恥ずかしいシコシコぬぷぬぷタイムは終わりにしていいですよ～」

「えっ……」

「恥ずかしいことイヤなんですよね～？　はやく終わらせて帰りたいですよね～？」

クリムは息を呑《の》む。

しごく手と突《つ》きこむ指が減速した。

「あらら～？　イカないの？」

「だ、だって……」

「だって、どうしたの～？」

触手眼が切なげな顔と震える股《また》ぐらに集まった。

言うに言えない天使心をあざ笑うように揺らめいている。

（せっかく言われたとおり恥ずかしいことしてるのに、こんなのひどい……！）

せっかく、とはなんなのか。

目的の占いもしてもらえて、恥ずかしい仕打ちからも逃れられるというのに。自分はいったいなにを悔しがっているのだろう――などという思考は言い訳にすぎない。

もちろんクリムはわかっている。自分が本当に望んでいるのがなんなのか。

「じゃあ～、逆ならどうですか～？」

「逆……？」

「占いが終わるまでイクのをガマンしたら、帰ってもいいですよ～？」

まったく正反対の条件を出されて、股間《こかん》が困惑に囚《とら》われた。

イケばいいのか、イクべきでないのか、粘膜がわからなくなっている。

「その場合～、わたしが占うより先にイッちゃったら～、堪え性のないクリムちゃんをおねえさんがたくさんイジメちゃいま～す」

クリムは固唾《かたず》を呑んだ。

（いまさら、ここまで来てなにもせず帰るなんて、つらすぎる……！）

指先は動きつづけて、右も左も腺液《せんえき》にまみれていた。

肉竿も秘処もいまかいまかと最後の瞬間を待っている。

ここですべてを解放したら、美人のおねーさんに可愛がってもらえる。気持ちよくなったうえで、さらなる快感が約束されている。ならガマンする理由などないではないか。

「わ、わかりました……その条件でお願いします」

「承りました～。ちなみに～、占いはもう終わっちゃってま～す」

「は？」

「褐色の人形もどきさんと根暗そうな魔法使いさんの二人組、見えちゃいました～」

いくらなんでも早すぎる。ハッタリではないのか。

だが顔の三眼はすでに開かれ、触手眼は疲れ目を訴えるように皮膜でしきりに瞬いている。なすべきことをやり遂げた証拠のように思えた。

ビホルーンの笑顔はとびきり優しくて、残酷だった。

「よかったですね～、クリムちゃん？　もう恥ずかしいことなんてしなくていいですよ～？　みっともなくぴゅーぴゅーアヘアヘしないで、綺麗で清純なクリムちゃんのまま帰っちゃっていいんですよ～？　ほ～らっ、金縛りも解いてあげますから～」

パチリと下肢に強い痺《しび》れが走った。

それっきり麻痺感はすべて消え失《う》せ、脚に自由が戻る。

「時間はまだまだ余ってるし～、料金半額キャッシュバックしちゃいま～す」

「い、いいえ、あの……」

「またね、クリムくん？」

両手でぱたぱたと手を振るビホルーン。

彼女の真意はわかりきっている。

言わせたくてたまらないのだろう――クリム自身の意志で、とびきり情けない懇願を。

そしてクリムは逆らえない。

彼女にでなく、自分のなかで花開いた大輪の欲望に。

「ま、まだ終わらせないでください……！」

「え～？　なにを～？」

「ボクの……ボクのみっともないオナニー、最後まで見てください……！」

口にした途端、体の内側で羞恥《しゅうち》が爆発した。

粟立《あわだ》つような悦びが臓腑《ぞうふ》を内側から愛撫《あいぶ》する。

その感覚は存外に心地よく、清々《すがすが》しいと言っても過言ではない。

普段押し隠していた衝動を解放した爽快感《そうかいかん》はクリムの手を激しく駆動した。

「わあ、クリムちゃんオナニーどんどん激しくなっちゃって……気持ちいいの～？」

「はい、んんッ、すっごく気持ちいいですッ……！」

「でも服越しだと物足りないですよね～？」

ビホルーンはベッドから降り、クリムの服に手をかけた。

あっという間にスポポンと脱がせる。

「あはっ、どこもかしこもお肌スベスベで綺麗……」

「ど、どうも、ありがとうございます……！」

全裸をさらして性粘膜を直接摩擦する。とんでもない痴態だと思えばますます手が加速する。わざわざ脚を大きく開いて、彼女の視線を受け入れるようにして。

「ん～、でも～……ちょっとこれとこれは邪魔かな～」

つん、と彼女がつつくのは、頭の光輪と背の光翼だった。

「この聖なる光が濃縮されたような輪っかと翼、誤って透視したらたぶん失明しちゃいますね～。とっても危ないから……えいっ」

光輪と光翼がタオルで押し隠された。

さしもの堕《お》ちきった気分のクリムも、その所業には目を剥《む》いてしまう。

「あ、あの、それはボクの天使たる証《あかし》のようなもので……！」

「うん、そだね～。だからクリムちゃんはもう天使じゃなくて、オナニー狂いの変態わんちゃんなので～す、ぱちぱちぱち～」

ビホルーンは楽しげに手を打ち、クリムのそばに身を寄せた。

触れるか触れないかの位置でささやきかける。

「かわいいクリムちゃん、もっとわんちゃんらしい格好しましょうね～」

触手眼が数本、クリムの顔に迫ってきた。その圧迫感に押されて、クリムは背中から床に倒れこんでしまう。仰向《あおむ》けで腹を見せた、飼い犬の屈服体勢。

とびきりみじめで、恐ろしく恥ずかしくて、なのにオナニーが止まらない。竿棒を上下にしごきあげ、秘裂を指でほじくりまわす。

「あッ、ああッ、ボクもう、ボク、ボク……！」

「はっきり言わないと、おねえさんが帰っちゃいますよ～？」

ほんわか笑顔で残酷なことを言われ、クリムはいやいやと首を振った。

「いかないで、おねえさん……！」

「んー、せっかくだからおねえさまって呼んでみましょうか」

「おねえさま……見捨てないで」

ノリでつい余計なことまで言ってしまった。自分が情けなくて、だからこそ解放感が強い。いままで心で言い訳をしながら耽《ふけ》ってきた快楽をすべて肯定する気分だった。

「うん、イイ子ですね……素直なクリムちゃんはおねえさん大好きだから～、ご褒美をあげますね～。口を開けてみてください～」

「は、はい、おねえさま……！」

開かれた小さな口のうえで、ビホルーンは口を開けた。

伸ばされた舌をヨダレが伝う。

ぬとぉ……と泡まじりの唾液《だえき》が落ちてくる。

「あ、あぁ……！」

とびきり甘い屈辱に胸が高鳴ってしまう。到着までのわずかな時間で剛直を握《にぎ》り潰《つぶ》さんばかりに激しくいじめ、秘肉も爪を立てんばかりにこすりたてる。

ちゅく――と。

クリムは泡立った生臭い液を迎え舌で受け入れた。

たちまち股ぐらで男女二種類の快感が沸騰し、爆発する。

「あぅうぅッ、んんんんんーッ！」

溜《た》めに溜まった快感が二箇所から同時に噴き出した。

真上に向けて白濁色の粘液が。

床に向けて透明な飛沫《ひまつ》が。

とりわけ濁液はクリム自身の腹に降りかかるばかりか、ビホルーンの体にもへばりついた。長々と糸を引く、とびきり粘っこい肉汁だった。

「あら～、天使の射精って量もすっごいんですね～。それにとってもラッキー射精！」

「ラ、ラッキー射精、ですか？」

クリムは息も絶え絶えに聞き返した。

「この店で眼射ＮＧじゃないのおねえさん含めて三人だけですよ～？」

触手眼がいくつか天使汁にまみれている。

「ご、ごめんなさい……！　いたくないですか？」

「目の表面を精子がうようよ泳いでる感覚がしてますね～」

「えっそこまで敏感なんですか」

「さすがにいまのは嘘《うそ》～」

ビホルーンは上機嫌でクリムに覆い被《かぶ》さってきた。

「うふふぅ～、と～ってもかわいいわんちゃんオナニーでしたね～」

ちゅ、と頬《ほお》にキスをする。

ちゅ、ちゅ、とくり返しながら頭を撫《な》でてくれた。

「おねえさま……」

女性の包容力に触れて、絶頂後の気だるさが心地よい脱力感に変わる。

永遠にこのまま過ごしていたいと思えた。

だが、そんな夢想に耽っていられるのは逸物に異物がぶつかるまでのことだ。

「いま、なにか硬いモノが……」

クリムはそちらに目を向けて凍りつく。

いまだ屹立《きつりつ》したままの天使棒に、似たような形状の棒杭《ぼうぐい》が接触していた。

ビホルーンの脚の間から伸びている。

「お、お、おねえさま？　まさか、おねえさまも……」

「ふたなりさんじゃないですよ～。触手を絡めて棒状にしただけで～す」

目を凝らせばたしかに触手が複数絡みあっていた。

「わたし目当てでくる女の子、けっこういるんですよ～？　被膜で覆ったお目々がゴリゴリして、すっごく気持ちいいって言ってくれて……あ、男のひとにもコレ目当ての方がけっこういらっしゃいますね～」

「そ、それにしても、あの、それ、かなり大きくないですか？」

「クリムちゃんのとおなじ程度のサイズですよ～？」

そう言われるとクリムも困る。馬鹿げた大きさだと拒絶することもできない。なぜなら自分がいままでサキュバス嬢に差しこんできたものである。

「それを……ボクのなかに入れるんですか」

「は～い。思い出してくださいね～……いままで出会ったサキュ嬢で、いっちばん恥ずかしいよがり方した子を。クリムちゃんもそうなるんですから～」

「こ、こわいです、正直……いや本気でちょっとそれ大丈夫かなって……」

「天使さんの体の頑丈さならたぶん平気ですよ～」

ビホルーンはクリムを優しく抱きしめ、耳たぶを軽く噛《か》んだ。

「サービスで教えてあげますけど～、占った二人組の片割れ……クリムちゃんにちょっと近いかもですので～、惑わされないでくださいね～」

「ボクに近い……？」

クリムが意外な情報に気を取られた、その瞬間。

ずぐん――と。不意打ち気味に巨剣がねじこまれた。

少年であり少女でもある天使はとびきり卑しくよがり狂うのだった。

# REVIEW

## 見つめてサディスティック

### ◇人間 スタンク

**9**

眼力魔人ギャザーのお店を初体験。眼力金縛りプレイをやってみたが、身動きできなくなったところをソフトなSっ気で優しくいじめてくれて良い塩梅。こっちの耐えられるギリギリを見極めてくるから抵抗は無駄と知れ！　あとギャザーは目が良すぎて顔の良さより皮膚の下、筋肉の付き方や内臓の健康さをイケメンの基準にするぞ。鍛えててよかった！

### ◇エルフ ゼル

**6**

希少種だけあって魔力の質がきわめて高く、攻撃的な邪視を過不足なくプレイに使う技量もかなりのもの。ただ心の底まで見通されるような感覚は正直かなり怖い。他人に本心をあまり見せたくないタイプは避けたほうがいいかもしれない。

### ◇天使 クリムヴェール

**9**

なんだか怖いお店です……ボクはイジメられたりするのは嫌いなはずなのに、気がつくと「このひとにならイジメられてもいいかも」から「イジメてほしい」になって、最終的には……詳しくは書きませんけど、普段の自分なら絶対に言わないこと、しないことをしてしまいました。けっして悪いお店ではありませんけど……覚悟はしたほうがいいと思います。

### ◇アシュラ ヴィルチャナ

**10**

脅威の眼光に射すくめられて屈辱の嵐。身動きできぬ体をなぶられ、我、涙に溺れる怒濤のごとくほとばしる白き濁流、無尽蔵。虐げられることがこれほどまでの恥辱と愉悦を呼ぶとは。おそるべしサキュバス店。次こそは勝利してみせる。

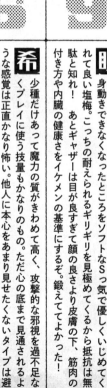

＊

四人は馬車のなかでレビューを書き記した。

正確にはクリムが全員分を代筆した。

光翼で浮遊できるクリムは馬車が揺れても筆跡が乱れないからだ。

「よし……と、とりあえず書き終えました」

「助かった。今度なにか奢《おご》ってやる」

「記憶の鮮度がいいうちに書きたいというのはわからなくもないので」

クリムは幾分スッキリした顔でスタンクに答えた。

ちらりと目をやるのは、三角座りで縮こまっているアシュラ、ヴィルチャナ。

《見つめてサディスティック》からずっと真顔で萎縮《いしゅく》している。

「あの……ヴィルチャナさん、だいじょうぶですか」

「……わん」

「もうプレイ終わってますから。引きずっちゃダメです、深呼吸して開き直ってください」

「すう……はあ……わん」

重症だった。

「スタンクさん、二回目であのお店は相当キツかったんじゃないですかね……」

「あー、ちょっと飛ばしすぎたかもな。すまん、おまえにも一杯奢る」

「わん……」

ストイックな美剣士にクリムは同情の目を向けずにいられなかった。

（ボクは最初のころはサキュバス店に入るたび衝撃が大きすぎて、ショックを引きずってたけど……いまは多少のことなら平気になっちゃった。いいのかなこれ）

ヴィルチャナはクリムとくらべても加速度的に変な方向に堕《お》ちている。

なんとか救いあげてやりたいが、いまはその暇もない。

「馬車、もうちょっと速度あがらないのか」

ゼルが冷や汗まじりに言う。尖《とが》った長耳が不安げに垂れ下がっていた。

「とりあえず大河まで行って船に乗る。話はそっからだ」

冷静ぶっているスタンクだが、よく見ればタバコを逆にくわえている。

クリムも内心は焦燥に駆られていた。

酒場にも寄らずに馬車に乗ったのは、ヴィルチャナ以外の三人に時間がなかったからだ。

ビホルーンによる占いの結果は恐るべきものである。

「お捜しのおふたりは～、大河を渡ってあちらの方角に向かってますね～。たぶんあなたがたの拠点になっている街じゃないかしら～。目的は～、魔法使いさんはただ逃げるだけのつもりみたいだけど～、人形もどきさんは～……似姿を求めている、といったところかしら～」

ガラちゃんが求める似姿。

つまりは彼女とうりふたつの存在。

すなわち――メイドリー。

「食酒亭であのふたりが出会ったら……どうなると思う？」

ゼルの問いかけにスタンクは固唾《かたず》を呑《の》む。

「自分そっくりの人形が男の性欲でカスタマイズされて爆乳の褐色ダゴン風になってんだぞ……そんなもん、おまえ」

結論を口にすることはだれにもできない。

襲い来る戦慄《せんりつ》の予感を端的に言い表すならば――

死。

# 第六話

# ナマイキ赤ずきん

多顔多臂《ひ》のアシュラ種において、単顔はなにかと肩身が狭い。

集落を歩けば生温かい目で見られる。

「おや気の毒に。顔がひとつだけとはね」

「視界が狭くて困るだろう」

「同時詠唱ができないとか不便すぎる……」

「負けんなよ、応援してるぞ！」

押しつけがましい善意をわずらわしいと感じたとき、ヴィルチャナは決意した。

「単顔の身で多面のアシュラをすべて凌駕《りょうが》し、力でねじ伏せてやろう」

選んだのは魔法でなく剣の道。多面など圧倒的な剣技のまえでは無意味だと示したかった。

みずから死線に飛びこんで技術を研ぎ澄ましていく。

当初の六刀流は三刀流に最適化された。

なにより最適化されたのは心のあり方である。

怒りで振るう剣は颶風《ぐふう》のように激しく強いが、宙を舞う葉を切ることはできない。

強さに必要なのは凪《な》いだ水面《みなも》のように静謐《せいひつ》なる心。

そのことに気づいたとき、すでにヴィルチャナは憤怒と反抗心から解放されていた。

もはや他人などどうでもいい。多面も単顔も関係ない。

望むものはただひとつ、さらなる剣技の高みだ。

深い山中で三刀が閃《ひらめ》いた。

餌を求めて群がる怪物が続々と血祭りにあげられていく。

血と刃《やいば》の嵐《あらし》はとどまることがない。蒼面《そうめん》六手のアシュラは獅子《しし》奮迅《ふんじん》の活躍をしていた。

「やっぱり対多だと三刀流はつえーな」

後続のスタンクが感心ながらに余り物の怪物を切り伏せた。

茂みに隠れたものたちはゼルが弓矢で正確に射《い》貫《ぬ》く。

「おまえよくアレに勝てたな」

「タイマン勝負なんて時の運だからな」

スタンクとヴィルチャナの実力はほぼ互角。あとは状況次第で結果は変わる。

十戦して五勝五敗といったところではないか。

「強いて言えばチンポの差で勝った。男はやっぱりチンポだ」

「だよなぁ、ちんちんだよなぁ」

「下品な会話しながら怪物ぽんぽん倒すの無駄にすごいですね」

クリムはふよふよと浮かびながら三人についていく。

怪物の群れはおびただしいほどに多い。危ないから近道はやめておけ、とはふもとの村の住人が言ったことだ。とくに天使の少年は見るからにひ弱だからと。

光輪が欠けて本来の力を失ったクリムはたしかに脆弱《ぜいじゃく》である。場合によっては足手まといになることもあるだろう。だが、ほか三人の実力ならば足手まといを補って余りある。

「あのときのチンポはクリムをも凌駕していた――いまはなきスーパー・デラックス・スタンクソード……おまえの勇姿は忘れない」

「おまえローションの店行ってから時々キモいぐらい感傷的だぞ」

無駄口の多いふたりにくらべ、先頭のヴィルチャナは沈黙を守っている。

呼気と剣風ばかりが鋭く鳴って、怪物を刻んでいく。

ようやく吐き出す声も彼自身にしか聞こえない呟《つぶや》きだった。

「やはり――これこそがゆくべき道だ」

求道者の独り言もつゆ知らず、後方の道楽者はますます下品トークに花を咲かせる。

「しばらくは遊んでる暇もないよなぁ。チンポが寂しがっちまう……」

「しゃーねーさ、メイドリーが魔改造自分人形なんて見た日には必殺確定だぞ」

「いくらメイドリーさんでもそんな……いや、でも本気で怒ったら……」

クリムはぶるりと怖気《おぞけ》に震えた。

「実はイマイチ飲みこめてないんだが……なんでアイツら食酒亭に向かってるんだ？」

スタンクは向かってくる怪物を切り落として言う。

「ガラちゃんの似姿に会うためって話だが、なんのために？　そもそもどうやってメイドリーのことを知った？」

もちろんギャザーの千里眼がかならずしも真実を語っているとは限らない。ほかに手がかりがないから頼っているだけだ。

「あー、それなー。たぶんだけど……クリムのせいじゃないか？」

「え、ボク？　ゼルさん、ボクなにかしましたっけ……？」

「たしか《ラヴ・ブリンガー》でガラちゃん見たとき、おまえとっさにメイドリーの名前を出しただろ。あきらかに見間違えましたって感じで」

「ああ……そういえば」

「その一言で自分のそっくりさんがいると仮定し、さらにそれが自分のモデルになった女と推理したんだとしたら、案外頭がまわるタイプかもしれない」

ゼルは話をしながら、二発つづけて放った矢で怪物二匹の喉《のど》を穿《うが》った。

待て待て、とスタンクがまた疑問を呈する。

「頭がまわったら、なんで自分のモデルに会いたいって話になるんだ？」

「……人生の疑問、じゃないでしょうか」

クリムは言う。血煙の渦中にいる剣士を見つめながら。

「あのひとの核、普通のゴーレムとはすこし違うじゃないですか」

「無機物のボディが勝手に変異して別の形になるぐらいだからな。ピュグマリエが作った核らしいから、どうせ予期せぬ不具合だろうけど」

「そこなんですよ、ゼルさん。不具合で自分の体が変わっていく不安……自分が自分でなくなるような感覚……いてもたってもいられなくなって、せめて自分の原点がどこにあるのか確かめたい気持ちがあるんじゃないでしょうか」

天使の声音には同情の響きが含まれていた。

なるほど、とスタンクはうなずく。

「なんとなくわかったが、童貞なくした不安と同一視していい話か？」

「天界から落っこちたうえになくしたんですよ！　もう意味わかんなくなって夜とか泣きたい気分だったんですからね！」

「でも不安と期待が入り交じっていたんだろう？　これからもっと気持ちいいことができるかもと思って顔テカテカさせてたじゃないか。なあ、ゼルさんや？」

「さすがにもう初心なんて薄れてるだろうけどな。最近じゃ普通の店も慣れてきただろ？」

「いまでも毎回ドキドキしてますよ！　なに言わせるんですか！」

見事に堕《お》ちきっている天使にほほ笑ましいものを感じる。

が、スタンクはあえて表情を引き締めた。

「ガラちゃんがなにを考えてようと、メイドリーとのご対面だけは避けるぞ。ヘタするとマジでチンポもぎ取られるかもしれないからな」

刹那《せつな》、前方でひときわ大きな血しぶきがあがった。

ヴィルチャナが退転し、鬼気迫る表情で駆け戻ってくる。

「魔羅をもぎ取るような店があるのか――恐ろしい」

「いや店じゃねーよ。食酒亭のメイドリーの話だ」

ゼルが冷静に突っこむ。

「食酒亭では魔羅をもぎ取るようなサービスをしているのか――恐ろしい」

「なんでちょっと期待してるようなソワソワ感出してんだよ」

「誤魔化《ごまか》すな、スタンクよ――もちろんもぎ取るというのは比喩《ひゆ》表現で、それぐらい乱暴に魔羅をいじめるということなのだろう。我とてわかっている、本気でもぎ取ったら傷害罪だ」

「そもそも食酒亭はサキュバス店じゃありませんよ……」

「哀れみの目で我を見るな、天使よ――そんな目でこの我を見ていいのは女王さ……ゴホンッ、ゲフゲフッ、オホンッ！」

咳払《せきばら》いで誤魔化すヴィルチャナ。心なしか目が潤んでいる。

ギャザー専門店で刻まれた傷は果てしなく深く、そして甘ったるい。

そんな状態でも剣が止まることはない。怪物が襲ってくれば鋭く切り返す。分厚い皮をたやすく裂き、骨肉を断って命を絶つ。まさに絶技。

「我にはこの剣がある……この剣しかない……剣だけで充分だ――だからこれ以上サキュバス店で遊ぶようなことはあってはならぬ」

「どっちにしろ山を下りたら移動手段探してすぐ出発するぞ。できれば寝るのも馬車だ」

「え」

「え、じゃないが。時間がないって言ってるだろ」

標的二名の乗っていた翼船は残骸《ざんがい》になっていたと、すこしまえの街で話に聞いた。かわりに馬車を買って乗りこんだとも。ピュグマリエの発明品よりは一般的な馬車のほうが安定して走行できるだろう。

現在スタンクたちは近道で距離を稼いでいるが、追いつくのはまだ難しい。

ただし馬も走りっぱなしでは疲弊してしまう。疲れれば速度も落ちる。こちらが次の街で充分に休憩を取った馬を確保できれば、格段に距離が縮まるだろう。

「……だから、サキュバス店に寄る時間はない。俺だって断腸の思いだ」

スタンクの痛切な言葉にヴィルチャナは顔を歪《ゆが》めた。

くるりと振り向き、また前進して獲物を切り倒していく。

「我はいったいどうすればいいのだ……！　この落胆と股間《こかん》のままならぬ感覚はなんだ……！　我は、我は……！　おおぉおおぉおおッ……！」

「クリムも最初のころは気分的にはあんな感じだったのか？」

「……ノーコメント」

一行は負傷者を出すことなく山越えを完了した。


山のふもとの街は異様な騒がしさに揺れていた。

あちこちで獣のいななきが轟《とどろ》き、人々は慌ただしく駆けまわっている。

何事が起こったのかと、スタンクたちは聞きこみをしてみた。

「輸送用の動物がみんないきなり発情期になって手がつけられねえんだ！」

「動物だけじゃねえ、ケンタウロスたちもだ！」

「ダメだ、ドラゴン空輸のあんちゃんもサキュバス店に入ったっきり戻らない！」

目立って被害を受けているのは商人たちだった。乗合馬車の客なども途方に暮れている。

なかには犯人の目撃証言もあった。

「根暗そうな女が変な瓶を厩舎《きゅうしゃ》で割ってたけど、もしかしてアレのせいか？」

「俺も見たけど、クヒクヒ笑って早口で独り言してるのが正直怖かった」

「一緒にいた女の子はおっぱいデカくてエロかったのに」

「ああ、そのふたりなら無事な馬を捕まえて馬車で街を出て行ったぞ」

十中八九ピュグマリエとガラちゃんだろう。

「まさか、追っ手を撒《ま》くためにそこまでやったっていうのか……？」

さしものスタンクもドン引きである。

街ひとつを巻きこんだばかりか、交易商や輸送隊など各種ギルド、騎士団などにも迷惑をかけている。懸賞金が確実にかかる犯罪行為だ。正気の沙汰《さた》ではない。

ゼルとクリムも「うわぁ」という顔で呆《あき》れ返《かえ》っていた。

「あの女イカレてるとは思ったけど、ここまで見境ないとはな……」

「でもマズイですよ……向こうは馬に乗ってるのに、こっちは徒歩となると」

先行して食酒亭に到着されたら、すべてが終わる。

殺意の権化、破壊神メイドリーの誕生だ。

確たる死の予感にヴィルチャナ以外の三人は脂っぽい汗を止められない。

「カンチャルさんは大丈夫ですかね……」

「メイドリー人形作ったのはアイツだからな。たぶん一番死ぬぞ」

「ドスケベ人格の核をぶちこんだスタンクが二番目にヤバいと思うぞ」

「それでもカンチャルがやられてるうちに逃げれば、あるいは」

「ボクがいないと思って酷《ひど》い話してない？」

「いやいや、これはだれかひとりでも生き延びたら勝ちだねという友情の話だぞ」

スタンクはふと、自分の腹のあたりを見下ろした。

子どもサイズの成人男性がニヤついている。

ハーフリングのカンチャルだ。

「足がなくてお困りなんじゃないかい？」

彼が親指で示す方向には毛並みも艶《つや》やかな馬が三頭いた。

この素朴な顔立ちのハーフリングは抜け目のなさと小狡《こずる》さに定評がある。

「いや怖いわ。おまえどういう嗅覚《きゆうかく》してんだよ」

「酷い言い方だなぁ。こっちの都合で万全を尽くしてたら、たまたまスタンクたちの都合と噛《か》みあったってだけだよ。ほら、詳しい話は後にして出発しよう。ボクもあのピュグマリオって魔法使いを見つけるよう錬金ギルドから依頼を受けてるから」

企《たく》み深い男ではあるが、無意味に他人を陥れる人種でもない。その点でスタンクたちも信用している。あわよくば一儲《ひともう》けしようという考えはつねにあるのだろうが。

「でも馬が三頭だと全員は乗れませんよ」

「ボクはゼルと一緒に乗るよ。クリムにはちょうどいいものがある」

カンチャルは背中の雑嚢《ざつのう》を開いた。

取り出したのは純白の翼、の模型らしきものだった。

「依頼を受けるついでに錬金ギルドからタダ同然でもぎ取ってきた《イカロスの翼》！　ペガサスの羽根を使ったマジックアイテムで、無翼種でも飛べるよう開発されたものだよ」

「無翼種用なら翼のあるボクにはいらないんじゃ……？」

「実はこれ失敗作でね、浮力を生み出す付与魔法が不完全なんだ。で、ここにいる天使は浮力こそあるけど飛行は不安定で心許《こころもと》ない」

「ボクがつけたら高速飛行も自由自在ってことですか？」

「とりあえず試してみればいいんじゃない？」

「やってみます！」

クリムは模造翼に開かれた穴に腕を通し、大きく羽ばたいた。

突風が巻き起こり、か細い体が高らかに舞いあがる。

「うわ、うわ！　これ飛べますよ！　背中の翼で姿勢制御したらちょうどいい感じです！　スピードもかなり出せそうです！」

「よしクリム、一足先に行ってくれ！　先回りしてメイドリーを隔離するんだ！」

「了解しました、スタンクさん！　ボク行ってきます！」

クリムはなんの迷いもなく空の果てに消えた。いつになくハイテンションな笑顔だった。よほど高速飛行がしたかったのか。翼あるものの気持ちはスタンクにはよくわからない。

「俺らも行くか」

スタンクが馬にまたがり、ほかの三人もつづく。

風を受けて走りだした。

カンチャルの連れてきた馬は見事なまでの健脚を発揮した。

二足種とは段違いの速度で街道を駆けていく。

相手が馬車であるなら追いつくのも時間の問題と思われた。

「なあ、さっきの翼だけど」

ゼルは背に張りついたカンチャルに問いかける。

「あれってピュグマリエが作ったものじゃないのか？」

「あ、バレちゃった？」

「魔力の込め方があいつの店の商品に似てたからな」

「あの魔法使い、ギルドの名前を使って好きほうだい迷惑ばらまいて、除名されるときに発明品もぜんぶ没収されたんだ。あの翼もそのうちのひとつなんだけど」

「……途中で壊れないか？」

「墜落してもクリムなら浮かべるしなんとかなるでしょ」

カンチャルはこともなげに言う。愛嬌《あいきょう》のある童顔のわりに性格はごくシビアだ。

「捜索依頼が出されたのだって、錬金ギルドが保管してた呪《のろ》いの宝玉をゴーレム用の核に使っちゃったからだっていうし。そういうことばっかりやってるんだってさ」

「いままで捕まらなかったのが不思議なぐらいだな……」

「一度は逮捕寸前までいったらしいんだけどね。危ういところで逃げられちゃったらしい。妙な薬を使って姿を変えた……というか、肉体そのものを」

言葉が途中で切れた。

四人は目をすがめて前方を見据える。

街道の先に幌馬車《ほろばしゃ》が見えてきた。

「俺が先に行く！」

スタンクは拍車をかけて馬を加速させた。

じわじわと距離を詰め、ついには馬車の真横に並ぶ。

御者台に女がいた。目のまわりがインクを塗ったように黒い。

「見つけたーッ！」

「うわっとぉ見つかっちゃいましたねクヒヒヒ！」

すぐにゼルが追いつき、スタンクと左右から馬車を挟み打つ。

後方にはヴィルチャナがついた。

「神妙にお縄につけ！　わりとマジで洒落《しゃれ》になってない状況だからな！」

スタンクは剣を突きつけた。届く距離ではないが威圧にはなる。

「おっおっおっコワイですね暴力反対ですご覧のとおり私そーとーか弱いオトメなので」

「かよわいオトメ？　だれがだよ」

スタンクは半眼になった。ゼルとカンチャルもおなじ表情だ。

「なんですかねーその目は信用してないんですかねー私あなたがたと違って荒事に慣れてないしマジ激弱ガールだから温かい目で見逃してほしいんですよピュグちゃんのお願いッ」

「だからさぁ、おまえさぁ……」

「はーいエロエロサービスでーすクヒヒヒ」

こともあろうにピュグマリエはスカートをまくりあげて下着をちらつかせた。

うげぇ、とスタンクは複雑な感情に顔を歪める。

「ドスケベ冒険者さんたちはこういうので惑わされてくれるって聞きましたーほれほれパンティだぞパンティ嬉《うれ》しいでしょうクヒヒヒヒ」

ひらひらとスカートの裾《すそ》を揺らし、飾り気のない白い下着に指を差しこむ。

素早く引き抜かれた指には、長細い瓶らしきものがつままれていた。

きっとろくでもない薬品かなにかだろう。

「させねぇよ！」

スタンクは瓶を切っ先で弾《はじ》き飛ばした。割れた瓶が内容物ごと幌のなかに飛びこむ。

「あっおッやられた参ったお色気不意打ち作戦大失敗！」

「通用すると思うなよ、偽物のお色気が！」

なにも知らなければパンティに目を奪われて不意を打たれたかもしれない。だってパンティはロマンだから。布一枚で女の花園を隠す神秘のベールだから。

だが、事情を知ってしまった以上は、興奮しようにも頭のどこかで理性が働く。

「ピュグマリエ――いや、本名ピュグマリオ！　性別偽証罪は個人的に超重いぞ！」

「偽証じゃありませんよ性転換薬の失敗で元に戻れなくなっただけだしいまは身も心もキャピキャピウフフの今時ガールですよクヒヒヒヒ」

「元男だと思うとそのしゃべり方がちょっと癇《かん》に障るな！」

最初に真実を知らされたのは《マジカルローション》でのことだ。

ピュグマリエは一時的に性転換を引き起こす薬を研究し、見事に失敗した。男の大事な剣を失ってしまったのである。だからと言って困るでも焦るでもなく、これ幸いと別人のふりをして身を潜め、サキュバス店の経営まで始めるのだから図太い。

なお、一時性転換薬は大魔導士デミアの手でとうの昔に実用化されている。後追いで失敗したのは純粋に彼女、否、彼の実力不足だろう。

「おまえ、魔導士デミアの高弟って言ってたよな」

逆側からゼルが冷たい目をピュグマリエあらためピュグマリオに投げかける。

「はずかしながら直接指導を受けた身でありますよクヒヒ」

「それだって弟子入りしたわけじゃなくて、魔法都市のデコイ人形を三日間五〇〇〇Gで買ってちょろっと教えてもらっただけだろ」

魔導士デミアは魔法都市でサキュバス店を経営している。

自分をコピーしたデコイ人形に客を取らせているのだ。

本来デコイ人形は危急時の身代わりとして魔法で生み出す囮《おとり》である。一般的な魔法使いの生み出すものは造形も甘く思考ルーチンも単純。

しかし世紀の大魔導士デミアの手にかかればアラ不思議。見た目はスタイル抜群の美女で、日常会話はもちろん高度な魔法学の講義までできる。独学で魔法を修めたイカレポンチをマッドな発明家に引きあげるぐらいお手のものだろう。

「ヤだなぁ三日間じゃなくて一ヶ月は通いつめましたよ親の金で勘当されるまで男の体だったころの話ですけどね師匠とは体で結ばれた関係ですよクヒヒはずかP！」

イカレポンチは怒るでも悪びれるでもなく、照れていた。

「ダメだ、こいつ会話にならない。問答無用でいったほうがいいぞ、スタンク」

「だな。散々手こずらされても女の子だししゃーねーかぐらいに最初は思ってたけど、男なら遠慮も容赦もいらんだろう。覚悟しろピュグ男！　やれ、カンチャル！」

「あ、そこボクがやるんだ」

カンチャルは馬車にナイフを二本投げつけた。

小さな刃は車輪の機構に食いこみ、回転を強制的に停止させる。

馬車がつんのめって横倒しになった。引っぱられた馬がいななきをあげて転倒する。

ピュグマリオは素《す》っ頓狂《とんきょう》な声をあげて地面に投げ出された。

もうもうと立ちこめる土煙のなか、スタンクたちは馬で彼女（？）を取り囲む。

「あいたたたたっでもラッキーどこも折れてない日頃《ひごろ》の神へのお祈り奏功しまくりっ」

「悪運は本当に強いんだなコイツ……」

どこまでも平常運転のイカレポンチにスタンクはいっそ感心してしまった。

「だがまあ、これでお縄だ。当然ガラちゃんも引き渡してもらう」

「ピュグマリオはボクにちょうだいよ。錬金ギルドに引き渡すから」

「俺らも今回の捜索にかかった金はコイツからもぎ取る予定なんだが……」

「もちろんそこもギルドに話を通しとくよ。実家から持ちだした財産をどこかに隠してるだろうし、損失分は埋めあわせできるんじゃないかな」

きっとカンチャルは取引のどこかで余分に儲《もう》ける算段をつけているのだろう。わざわざスタンクたちと合流したのも、トータルで得すると確信しているからだ。

（契約どおりの報酬と必要経費が払われれば俺はそれでいいしな）

ここで揉《も》めるつもりはない。さっさと終わらせてサキュバス店に行きたい。ただただ股間《こかん》の剣に素直なのがスタンクという男だ。

「待て——みな、動くな」

ヴィルチャナの声が緊迫した空気を蘇《よみがえ》らせる。

彼は倒れた幌馬車を確認していたが、唐突に動きを止めた。

彼の見る先、幌からのっそりと現れるのは、触手下肢の褐色爆乳人形だった。

「そう、動かないでね。動いたら、ウチこれバリーンってやるから」

彼女の胸をひしゃげさせているのは、一抱えの壺《つぼ》だった。

「ありったけの発情誘発剤……この場で割れて気化したらどうなるか、エロ脳のアンタらなら理解できるっしょ？」

「いや待て待て、ガラちゃんおまえ落ち着けよ。俺らがここで発情したとして、発散相手として真っ先に狙《ねら》われるのがだれなのかわかってるか？」

「逃げる手ぐらいは考えてるし」

「だとしても、その壺割ったとして気化した発情薬の真ん中にいるのおまえだぞ」

「残念、ウチは中和剤飲んじゃいましたー」

触手の一本が空の小瓶を逆さに向けていた。本当に中和剤なのかはわからない。見てわかるのは、彼女の抱えている壺にデカデカと描かれているハートマークぐらいだ。

一同は息を呑《の》み、ガラちゃんの動向をただ見守る。

ピュグマリオだけは気楽に立ちあがってガラちゃんに駆け寄った。

「さっすが私の作った核は頭の回転が違いますね最高よくやったふたりで逃げ出してウルトラ儲かるサキュバス店を経営して発明費用をバンバン集めましょう！」

「いやいやいや……ぶっちゃけウチ、そういうのぜんぜん興味ないし」

ガラちゃんはあっさりと言った。

「ウチはただ、ウチがなんなのかを知りたいだけだし」

壺を抱えた腕がかすかに動く。

宙を見据えた人形の瞳《ひとみ》がかすかに潤んだ。

「ずっとぼんやりしてた意識が、この体に宿ったことで急に鮮明になって……ウチはようやくウチになった。でもこの体はお店の所有物で、取り戻そうとするひとがいて、そもそもコレって男のひとと、え、え、えっちなことするための体とか……ウチぜんぜんわかんない！」

壺が真下に叩《たた》きつけられた。

粉砕した壺からピンク色の煙が立ちのぼり、一同を包みこんだ。

煙を突き破って飛び出すのは、触手に複数の模造翼を装着したガラちゃんだった。クリムが付けたものと同種の発明品だろう。

「ごめんピュグっち！　この羽根もらってく！」

模造翼で羽ばたき、地面すれすれを滑空するように推進する。足りない浮力は手と触手で地面を叩いて補い、馬に比肩する速度で街道を通り抜けていく。

彼女を呼び止める者はだれもいない。

口を開くわけにはいかないのだ。

爆発的な勢いで周囲一帯を巻きこんだピンクの煙のなか、男たちはもがいていた。

（間に合わなかった……！）

とっさに息を止めて駆けだしたが、想像以上に薬の気化と拡散が早すぎた。効果範囲から抜け出すこともかなわず、ついに発情薬を肺に入れてしまう。

吹き抜けた風が煙を洗い流した。

残されたのは火照りを抱いたオスたちだ。

「おッ、うおッ、ヤバいぞみんなッ、勃起《ぼっき》が半端ねぇ！」

「血が股間に持っていかれて魔力もうまく練れない……！　こいつ、肺だけじゃなく皮膚からも入ってくるタイプだぞ……！」

「まずい、まずいよ……！　道ばたの石が股《また》を広げた女体に見えてきた……！」

「おひッ、んおッ、体の芯《しん》から熱いッ――わが信念がスケベ欲に冒されていく……！」

オスたちは一様に周囲を目で探った。

女はいないか。

ちょうどいい穴はないか。

きわめて即物的に快楽を求める獣の形相で、彼らはたしかに見つけた。

目のまわりを黒い隈《くま》に覆われた痩《や》せ形《がた》のメスを。

「クヒヒヒヒやっぱり私には効きませんね普段から実験で気化した薬をいろいろと吸ってるから耐性がありますからね風の魔法でふわっと逃げちゃいますかね」

ピュグマリオはごくごく冷静に呪文《じゅもん》を唱えようとしていた。

獣欲の虜《とりこ》となった男たちが飛びかかるよりも、魔法が完成するほうが先だろう。なにせ男たちは張りつめた肉剣が服に引っかかり、前屈《まえかが》みになって動きが阻害されている。

ぶわお、と突風が巻き起こった。

魔法、ではない。

馬がピュグマリオに襲いかかったのだ。

「えッうおッちょちょちょっと待ッひゃおあッ服破かないでくださいクヒクヒヒあッ」

「ヒヒィイイイ――――ン！」

馬は長い脚でたくみにピュグマリオの体勢を崩し、服に噛《か》みついて引きちぎる。その股ぐらにはご立派なものが隆起していた。

ほかの四頭は雌雄二対でがむしゃらに交配中。

スタンクたちの入る余地はどこにもない。

「見せつけやがって……！　はやく女を見つけないと海綿体が大爆発を起こしちまう……！」

「いやいやいや助けてくれませんかねクヒヒ無理ぜったい入らない死ぬわこれマジ助けて」

「あ、あそこ……！　見てよ、建物があるよ……！」

カンチャルが指差した草原の果てに、ぽつんと一軒家があった。

あるいは、そこにいるのではないか。都合よく股を開いてくれる絶世の美女が。

一同の行動には理性も道理もない。

ただ希望を求めて、前屈みにちょこちょこ小走りに駆けだす。

パンツの裏地で大切なものが擦れるたびにアハンオヒンと喘《あえ》ぎながら。

「うわうわうわ見捨てられちゃいましたねクヒヒヒヒもうこれ絶望ですねなにが悪かったかなぁ精いっぱいがんばって生きてきたんだけどなぁ人生むつかしいなぁオンッ」

ピュグマリオの悲鳴はだれの耳にも届かなかった。

《ナマイキ赤ずきん》

一軒家にはそんな看板がかかっていた。

サキュバス店、の文字も刻まれている。希望はそこにあったのだ。

なにもない草原に一軒だけのサキュバス店などあきらかに普通ではないのに。

判断力をなくした四人は目を血走らせて入店した。

「一発ヤラせてくれ！　女ならだれでもなんでもいいから！」

スタンクは店内の様子を確かめもせずに宣言した。普段ならありえない無謀さだが、いまはとにかく気が急《せ》いている。股間を焦がす地獄の炎をすべて吐き出すための受け皿がほしい。

「へー、だれでもいいって言っちゃうんだぁ？　おじさんカッコイー」

語尾を含み笑いに震わせて、受付の女は言った。

人間から見た印象で言えば、少女と呼ぶべき華奢《きゃしゃ》で小柄な容姿である。カウンターに小さなお尻《しり》を乗せて、ひとを小馬鹿にした笑みを浮かべている。

髪はミルクを糸にしたような白。

かぶっているのは赤い帽子。身につけているのも赤いワンピース。

「レ、レッドキャップ……！」

瞬間的にカンチャルが理性を取り戻した。額に汗して、目の前の少女に戦慄《せんりつ》する。

「ぐ、くぅ、とんでもない店に入っちまった……！」

ゼルもわずかな理性を振り絞り、自分の迂闊《うかつ》さを悔いていた。

血染めの妖精《ようせい》、レッドキャップ。

ハーフリングほどではないが短身の矮小種《わいしょう》である。

外見だけなら可憐《かれん》と形容してもいいが、その実——性質は凶悪の一言。

他者をいたぶり、嘲《あざけ》り、恐怖と屈辱のどん底で命を奪う。

現代的な多種族共生社会に適合できたのはごく一部にすぎない。

その適合もきわめて偏った形であるともっぱらの評判。

「なんでもいい！　とにかくさっさとヤルぞ！」

スタンクは理性の放つ危険信号をガン無視した。

「そうだな……！　いまさら後に引けるか！」

「殺しあいならともかく性戯ならボクも負けてないはずだ……！」

「よくわからぬがこういった危険もまた——面白い」

訪れた苦難に毅然《きぜん》と立ち向かう男、四人。

赤帽子の少女はにんまりと妖《あや》しく笑う。

「おじさんたちかっこいーからぁ……うちの花形四人をあてがってあげるね」

パチン、と指を弾けば、あちこちの物陰からレッドキャップが現れた。ひそかに背後に忍び寄っ

受

て不意打ちするような習性でもあるのだろうか。

嘲笑《ちょうしょう》的な目をした小娘たちはワンピースの裾《すそ》をつまんでお辞儀をした。

「なかよくたのしく遊ぼうね……お・じ・さ・ん」


小娘に手を引かれて入った部屋はごく普通のプレイルームだった。

奥に浴槽と洗い場があり、手前にベッドがある。

問答無用でベッドに押し倒したい気持ちは非常に強い——が。

(先に一発出さないと絶対にヤベェ)

いきなり挿入したら加減できる気がしない。

か細くも愛らしい肢体は抱きしめると折れてしまいそうだ。鎖骨にも届かない赤帽子を見下ろしていると、わずかな理性が首をもたげる。

その一方で両手は勝手に動いていた。

驚異的な速度で脱衣して裸体をさらす。ガチガチに屹立《きつりつ》した逸物も。

「キャハッ、いきなりガチ勃起とかおじさん超キモいんですけど」

入室前にロゼと名乗ったレッドキャップが嘲笑する。

背中で手を組み、上体を屈してスタンクの剛直に顔を近づけた。右へ左へ体を揺らせば、白いツインテールが振り子になる。

「うーわー、青筋立てて超ビクビクして、おじさん怒ってるの?」

「わかってるだろ、とにかく一発ヌイてくれ。手でも口でもいいから」

「ふーん、おじさんて礼節とか遠慮とか知らないひとなんだね。そーゆーひとにアタシが気前よくサービスしてあげる必要なくない？」

ぐうの音も出ない正論だが、発情状態で溜《た》まった鬱憤《うっぷん》が「ぐう」と口から出る。

「それにおじさん汗くさいしさー。まずそこで体洗ってよ、もちろんひとりで。アタシはここで待ってるから。全身きれーきれーにしたら相手したげる」

ロゼは素っ気なく言うとベッドに横臥《おうが》し、しっしっとスタンクを手で払った。いくらなんでもサービスが悪いと言ってもいいが、ある種の正論ではあるかもしれない。

だが、スタンクは見逃さなかった。

彼女の目が悪意たっぷりに細められていることを。

（ぜんぶわかっておちょくってやがる……！）

ようやくたどりついた希望の地で、なぜこんな仕打ちを受けるのか。

逆恨みじみた怒りが下腹でふつふつと沸きたつ。勃《た》っているだけで海綿体が痛いほど張りつめ、先端から透明な腺液《せんえき》がにじみ出てきた。

「なに突っ立ってこっち見てるの？　もしかしておじさん、キレちゃった？　でっかい図体《ずうたい》してるくせに、こんなちっちゃい女の子にマジギレしちゃうとかダサすぎない？」

「お、おまっ、俺はッ、ただ、ううぅ……！」

煽《あお》られれば煽られるほど憤怒が股を満たす。男性器という名の肉の剣を限界以上に張りつめさせていく。その様をロゼはちらりと見て、言った。

「……シてほしいの？」

「な、なにをだよ」

「そっちこそなにをしてほしいの？　こーゆーの？」

ロゼは人差し指と親指で輪を作り、空中で上下に揺らした。

「それとも、こーゆーの？」

指の輪を口元で前後させ、舌をれろれろと動かす。

それらの動作が秘めた卑猥《ひわい》さはそのまま挑発にもなる。煽って爆発させようという生意気な目論《もくろ》見《み》にスタンクはますます激昂《げきこう》した。

「い、いい加減、客をおちょくるのはやめろ……！」

「違うでしょ？　素直に言ってみなさいよ、ぼくちんの雑魚《ざこ》ちんを気持ちよくしてくださいお願いしますーって。ひざまずいてみっともなく泣きながらさー。そーゆーの好きだからこのお店にきたんじゃないの？」

「そういうのは場合によってはたしかに好きだが……！」

ギャザー専門店でソフトM感に酔いしれたのはつい最近のこと。

だがM感を楽しめるのは余裕のあるときだけだ。

「とにかく、一発……追加料金も払う」

ぎりぎりの譲歩をしてベッドの彼女に近寄る。

「ふーん、追加料金？　そこまでしてプライド保って、実際やってることはイカせてイカせてっておねだりじゃん。雑魚くさっ、キャハハッ」

ロゼは笑いながらも身を起こして肉剣を見あげた。

「まー、あんまりイジメてもカワイソーだし、雑魚おじさんにお情けあげるね」

細い指先が赤黒い剣に寄せられていく。

きたるべき快楽の瞬間にスタンクは生唾《なまつば》を飲んだ。

「えいっ」

ピンッと亀頭を弾かれた。痛みにも似た鋭い衝撃が凝り固まった剣身を駆け抜ける。

とっさに歯を食いしばる余裕もない。

限界まで張りつめていた獣欲が爆発した。

びゅるるるるんッ、と太くて長い白汁が勢いよく飛んで、壁を打つ。

「おっ、うおおッ……！　ちっくしょう、出ちまったぁ……！」

苦渋にまみれて、スタンクは特濃汁を何発も発射した。

壁と肉剣をつなぐ液糸はだらりと垂れ下がり、あいだにいるロゼにへばりつく。赤帽子の少女はきょとんとしていた。あどけない表情に直接肉汁が叩《たた》きつけられることもあった。

惨《むご》たらしい汚辱の光景は、しかしすぐに破綻《はたん》する。

「ぷっ……ぷふッ、あははッ、キャハハハッ！　おじさん、雑魚すぎ！」

ロゼは腹を抱えて爆笑し、ベッド上の狭い空間で転げまわった。

上から白濁液が降りかかると、ますますおかしげに笑う。

「指で、くふッ、指でピンッってしただけでびゅーびゅーって！　どんだけイキたかったの？　ねえおじさん、手コキもフェラもハメハメもなしでイッちゃうのってどんな気分？　くっさい雑魚汁がんばってぶっかけて征服欲を振り絞って情けない自分をごまかしてますー的な？　それとも威勢が良かったのはフリで、ホントはただのキモいドMおじさんなの？　キャハハハッ」

レッドキャップの甲高い笑い声を恐怖とともに語り継ぐ土地もある。

だがスタンクにとっては恐怖よりも怒りを呼ぶものだった。

射精は間もなく終わったが、肉剣の硬度は憤激によって保たれている。

「このメスガキめ……！　大人をバカにしやがって……！」

勢いで言ってしまったが、サキュバス店につとめている以上は相手も成人である。

ロゼも他種に自分がどう見えるのか理解しているのだろう。わざわざ下唇に人差し指を当てておしゃまな子どもめいた雰囲気を醸し出す。

「ん～？　おじさん、指ピンでイクイクびゅーびゅーしちゃって悔しいの？」

「悔しいもなにも、こんなもん前座だ。本番はとんでもないぞ」

「えー、こわーい。ちっちゃいロゼちゃんじゃすぐに負けちゃいそー」

顎《あご》に握《にぎ》り拳《こぶし》をつけていやんいやんと身をよじった。媚《こ》びた仕種《しぐさ》でありながら、歓心を買うどころか火に油を差すようなものだ。

「あんまり客をからかうもんじゃないぞ……！」

「あらー、怒ったのー？　こわーい、ごめんなさーい」

ニマニマと笑うロゼからは申し訳なさなど欠片《かけら》も感じられない。

(M向けにしたって、こういう態度はどうなんだよ……！)

先のギャザー店でも軽くもてあそばれたが、レッドキャップは本質がまるで違う。

相手を楽しませるためのSっ気サービスではない。

完全に自分の娯楽として客をおちょくっている。

「ふあぁ、おじさん雑魚すぎて眠くなってきちゃった。アタシ昼寝するから、てきとーにハメてビュービューしちゃえば？　みこすり半で一〇〇回イキそうだけど……ふあぁ」

わざとらしいアクビを聞いた瞬間、ぷちん、とスタンクの頭でなにかがキレる。

「なめるなよ……大人はメスガキなんかに負けないいんだからな」

「べつにガキではないけどねー、レッドキャップ的にはオトナの女の平均身長で標準体型だし。でもまー、これだけ体格差あって負けたら超絶ブザマだよね、おじさん？」

ロゼはワンピースの裾をつまみあげ、スラリと細長い脚を大胆に広げて見せた。

下着はない。陰毛の一本もない。

きれいな一本スジが、くぱ、くぱ、と桃色の花を開帳する。清純さと淫猥《いんわい》さをアピールする様相に、スタンクは理不尽なほど昂《たか》ぶった。

(無性にムカつく……！　ちっこいくせに男を誘うのが腹立って仕方ない！)

発情が激情を生み、怒りが全身を操る。上からのしかかり、細脚のあいだに体を押しこんだ。ちびっこい膝小僧《ひざこぞう》をわしづかみにして、股《また》を閉じないよう力をこめる。

「へえ、いきなり入れちゃうの？　いいのかなー、アタシのなかめっちゃくちゃキモチイーと思うけど、一秒で情けなくびゅーびゅーしちゃわない？」

「黙れオラッ！」

「んおッ」

スタンクは濡《ぬ》れそぼった肉溝を一気呵成《いっきかせい》に貫いた。

熱くて狭い穴に根元まで包まれながら、切っ先で最奥を押しあげる。

全身がこわばってビクビクと跳ねるロゼを見下ろし、「勝った」という実感に震えた。

やっぱり俺の剣は最強だ！

と、悦に入っていられたのは、束《つか》の間《ま》のこと。

「キャハッ、雑魚ちんのわりには食べ心地《ごこち》悪くないじゃん」

ロゼの顔にはいまも嘲りの笑みが浮かんでいる。軽く息を整えると全身のこわばりも和らぎ、悠然と細腰が動きだした。

「ほらほら、どーしたのかなー？　アタシばっか動いてるけど、おじさんはどうして動かないのかなー？　動けないぐらい気持ちいーのかなー？」

「ふぐッ、ううう、おのれ……！」

彼女の腰遣いはあくまでゆったりした捻転《ねんてん》にすぎない。それでもスタンクが反撃できないのは、秘処の具合がすさまじく良いからだ。

見た目から狭苦しいのを想定していたが、実際には適度にゆるい。キツければ良いというものではないのだ。全体は柔らかい肉質でモチモチと張りつき、豊富な分泌液で潤滑を保つ。

強烈なのは、入り口と七分目ほどの窄《すぼ》まりだった。

脈打つたびに肉剣を吸搾するばかりか、コリコリした豆襞《ひだ》を押しつけてくる。

（噛《か》みつかれて……いや、食われてる！）

ロゼの緩慢な腰遣いは、下の口の威力をじっくりと思い知らせるためのものだろう。

「んっ、あッ、キャハッ、おじさんのさっそくビクビクッてしてきた……！　ヤダー、みっともなくてカワイー！　ほらイッちゃえ、イッちゃえ、クソ雑魚《ざこ》おじさんッ！」

悪罵《あくば》を放つだけでなく、反応を見ながら腰遣いを激しくしていく。男を貪《むさぼ》り屈服させるべく鍛えあげられた技巧は着実にスタンクを追いつめていた。

「うッ、くはッ、やるなッ……！」

即イキしたい気持ちはある。そもそも手早く性欲を解消するべく入った店だ。

べつに負けてもいい戦いだ。

諦《あきら》めてしまって、なんの問題がある？

「いま、もう負けちゃっていいかもって思ったでしょ？」

「バ、バカ言うな！　何度も言うがメスガキなんかに負けるかよ！」

厳密にはガキではない。わかっている。ただ、薬の作用もあって、嘲弄《ちょうろう》の目つきを受けると頭に血がのぼってしまうのだ。

負けたくない。

どんな状況だろうと、ほかになんの目的があろうと、ここで負けたら男が廃る。

「でもでもー、おじさんさっきから腰ビクビクさせるだけで振ってないしー。そんなんじゃロゼちゃんも気持ちよくないしー。雑魚すぎっていうかさー、口ほどにもないっていうかー」

ロゼの脚がスタンクの腰に絡みついた。思いきり体をねじってくる。

肉剣の快感に気を取られていたスタンクは、なすがままベッドに引き倒された。たくみな重心移動であれよあれよという間に位置が逆転し、騎乗位の体勢となる。

「いるんだよねー、おじさんみたいな竿《さお》自慢の雑魚」

上から見下ろし、彼女は艶《つや》やかに笑った。

「俺セックスうまいぜー、女みんなアヘアヘだぜー、みたいに調子こいてさー。本当は大してうまくも強くもないくせにさー。そーゆーかわいらしーおじさんを組み敷いて泣くまで搾り取るの、アタシたちレッドキャップはだーい好きなの！」

「おほッ、ぐぉおおッ……！」

ぐっちゅ、ぐっちゅ、と露骨な粘着音がプレイルームに響き渡る。

スタンクの腰が引きずられるような円運動だった。正常位のときよりもあきらかに躍動的で、なおかつ精密に男根を責めてくる。

もう逃がさない、一方的にいたぶり貪ってやる――そんなレッドキャップの凶暴性が、騎乗位であれば存分に発揮できる。

スタンクは相手の手の内に落ちてしまったのだ。

「あふっ、やべっ、くッ、おうッ……！」

膨張感と灼熱《しゃくねつ》感が肉剣に充《み》ち満ちて、煮えたぎったものが尿道を駆けのぼる。歯噛《はが》みとともに鈴口を締めつけて発射を止めているが、限界は時間の問題だろう。

(俺はッ……俺はこんな客をナメきったサキュ嬢に負けてしまうのか……！)

妙な薬の影響があるとはいえ、あまりにも情けない。

死んでしまいたくなるような惨めさの底へと堕《お》ちていく。

股間《こかん》の終末が訪れようとしていた。

「なんかなー……おじさんほんと口ほどにもないっていうか、期待外れっていうか。よっぽど経験がすくないのか、ろくな女とえっちしてこなかったのか」

大げさなため息が落ちてきた瞬間、スタンクの全身が自発的に忍耐力を振り絞った。

譲れないものがそこにあった。

「いくらなんでも言いすぎだろ……！　俺がこれまでヤッてきたサキュ嬢はみんな……いやハズレもいたけど、八割……いや六割……まあ五割は最高の女だった！　最高とは言わずともベターな嬢も大量にいた！　おまえみたいなナマイキ女よりずっと客のことを想《おも》ってサービスしてくれる嬢ばかりだった！　いやマジどうしようもないハズレもいたけど！」

「あっそ。じゃ、おじさんが生粋の雑魚ってこと？」

「まだだ、まだまだ俺は本気を出してない……！」

「へー、じゃあこういうのはどう？」

ロゼは腰を浮かせ、亀頭だけをくわえこんだまま小刻みに震動する。ひときわ過敏な粘膜部を集中的に狙《ねら》って完全にトドメを刺すつもりだろう。

「ああッ、んぉおッ……！」

竿先に過剰供給された快感が振り絞った忍耐にヒビを入れていく。

それでも、なんとしても、とスタンクは歯を食いしばった。

耐える男の懸命な顔を、凶悪な小妖精《ようせい》はキャハキャハとあざ笑っている。

「あーあー、必死すぎてウケるー。えらそーなこと言った手前、負けたら超絶みっともないもんね。でも残念、おじさんの雑魚ちんはもー限界でーす」

身を屈《かが》めたロゼが、ピンッ、と竿肉の根元を指で弾いた。

「がッ……！」

「おーおー、顔真《ま》っ赤《か》にして耐えてるね、えらいえらーい」

さらに何度も弾く。それはすでに快感でなく、痛みと衝撃で鈴口を緩める手口だ。

どこまでも惨めったらしくイカせるつもりらしい。

「ま、ムダだけどね。思い知らせてあげるから覚悟してよ……こんな雑魚ちん生えてるだけムダですゴメンナサイって言わせてあげるから」

薄赤い唇がとびきり淫《みだ》らに弧を描いた。捕食者の笑みだった。

だが、その刹那《せつな》。

「──なめるなあッ！」

渾身《こんしん》の突き上げが捕食者の子宮を突き潰《つぶ》した。

「おッ……！」

あどけなくも妖艶《ようえん》な笑みが崩れ、悪戯《いたずら》な光を宿していた目が丸くなる。

すかさずスタンクは細っこい両手を捕らえ、引き寄せざま滅多突きにした。

ばちゅばちゅ、ごちゅごちゅ、と胎内をえぐり返す。

「おッ、おんッ、ぉおッ……！　や、やるじゃん、おじさっ、んおッ」

「なめるな……！　俺のスーパー・デラックス・スタンクソードをなめるなぁーッ！」

攻勢に転じることができたのは、そこに彼がいたからだ。

人生という旅のともがら。一度は本物の剣となって窮地を救ってくれた唯一無二の相棒。

──ワンダフルMA〜ッX！

たのもしい雄叫《おたけ》びを心に聞けば、射精寸前の忍耐も苦ではない。

「どうだッ、俺の逸物は強いだろう！　雑魚なんかじゃない、最高の男の剣だ！」

「は、はあ？　この程度で調子に乗らないでほしいんですけどッ」

「必殺乱れ六段突《つ》きッ！」

「んおッ、おぉおッ……！　た、たいしたことないしぃ……！」

強がってはいるが、ロゼの笑みはひどく不格好に歪《ゆが》んでいた。抑えきれない感悦が獣じみたうなり声となって漏れ出す。

それはいまさっき突かれて突然感じたというものではない。

（こいつもちゃんと感じてたんだ……！　攻めに夢中だったから意識しなかっただけで！）

スタンクにしてもおなじことだ。がむしゃらに攻めているうちはいいが、一瞬でも腰を止めれば莫大《ばくだい》な快楽が堰《せき》を切るだろう。そうなれば完全敗北である。

動きつづけながら、ふたたび彼女を組み敷いた。

動きやすい正常位で叩《たた》き潰すように小股《こまた》を穿《うが》ちまくる。

どちゅんッ、どちゅんッ、どちゅんッ！

どちゅどちゅどちゅッ！

ただ突くのでなく、強さとテンポを変化させて反応を見る。

「おへっ、ぉおおッ、おんッ、おンッ、おんおんッ……お、おぉ？　おッ、ぉおおおッ！」

「ずいぶんとみっともない顔でアへってるじゃないか」

「こ、これは、んおッ、ぉおおッ、ちょっと、気分転換、っていうか……！」

「ここらへんこんな感じで突いたら効くんだろ？」

「おひッ！　んぉおッ、おうッ！　ぉおぉおッ、おおんッ！」

ロゼの顔にはもう笑みはない。大口を開けて愉悦に吠《ほ》えるばかりだ。

弱点はおおよそ把握できた。

百戦錬磨のスーパー・デラックス・スタンクソードにしてみればお手のものである。

「こういう角度で……この突きでどうだッ！」

ばちゅんっ、と致命の一撃を叩きこんでやった。

「おンンッ！」

少女の肢体が彫像のように固まった。筋肉が痙攣《けいれん》し、小穴が肉剣を猛然と揉《も》みこむ。

生意気な赤ずきんは絶頂に達したのだ。

（勝ったぞ、みんな……！　スーパー・デラックス・スタンクソード！）

胸いっぱいの勝利感に血が騒ぐ。たまらなく気分がいい。

おかげで、ますます盛んに腰が動いた。

「ひおッ、おおッ、ちょっ、アタシまだイッて、おんッ、イッへ、ぇおおぉおッ」

「負けましたって言えよ。でないと止めてやらない」

「は、はあ？　だれがアンタみたいな、あおッ、クソ雑魚《ざこ》おじさッ、ぉおんッ、負けてッ、ないもんッ……！　調子乗んな、バカぁ……！」

「あっそ、それでは極太ねじこみ腰振り地獄入りまーす」

「ぉおおッ、やっ、あぁあああッ……！　いグッ、イクの止まらなひッ、ぃいいッ……！」

　スタンクとて余裕があるわけではない。発情薬の影響もあって通常よりはるかにイキやすい状態だ。それでも快楽の限界に挑戦する価値はあった。

　痙攣が止まらない肉穴を好きほうだい掘り起こしていると、勝利感が昂《こう》じて止まらない。

　イキっぱなしで歪むロゼの童顔を見下ろしていると、ひどく愉快な気分になれる。

　彼女の表情が崩れ、よだれがこぼれ、涙まで滴ると、

「ざまあみろ」と、心の底から思ってしまう。

　さんざん小馬鹿にされた反動がスタンクをドSにしていた。

「まだ言わないのかなー、お嬢ちゃん？　言ってごらんよ、ほら……私の負けですー、雑魚でごめんなさいー、もう二度とお客さんをバカにしませんー。さん、はい」

　復唱を強いながら、彼女の口に指を突っこんで言葉を遮る。

　そう簡単に許してやるつもりはなかった——のだが。

　ちゅぱ、と指にしゃぶりつかれて、わずかながら正気が戻ってきた。

「おちゅ、ちゅっ、ちゅぱっ、ちゅっちゅっ、んぅう……」

　ワインのように赤い目が揺れている。焦点が合っておらず、先ほどまでの凶気も浮かんでいない。

ただただ快楽に酩酊《めいてい》しているように見えた。

　指を口から抜いてみると、舌が名残《なごり》惜しげに伸びてくる。

　やがて彼女は舌を口内に引っこめ、舌っ足らずに声をあげた。

「おじさまぁ……おっ、おんッ、ゆるしてぇ……！」

　スタンクの顔を愛《いと》しげに両手で撫《な》でまわし、身を起こして顔を寄せてくる。

「ちゅっ……」

軽くキスされてしまった。

顔が離れる。

そこに潤んだ目と紅潮した頬《ほお》があった。恋する乙女といった風情だ。

「……反省したのか？」

スタンクはすこし腰遣いをゆるめて問う。

「はい……あんっ、ぉおッ、おじさまがこんなにスゴいひとだなんて思わなかったの……」

「負けを認めるってことか？」

「はい……ロゼはおじさまの極太こらしめ棒に惨敗しちゃいました……クソ雑魚レッドキャップなのに楯《たて》突いてごめんなさい……嫌いにならないで、おじさま」

謝りながら、何度もスタンクの顔にキスをする。

レッドキャップにはあまり知られていない生態がある。

彼女らはその凶暴性から敵を作りやすく、だからこそ仲間内の結束は固い。とくにつがいの絆《きずな》は強く、交尾中は別人のように甘ったるい性格になるという。

他種族との性交では凶暴性が出やすいが、絶頂を重ねることで本能的な判断力が低下する。

要するに、イキまくれば相手を同種のオスと脳が誤認してしまうのだ。

……というのは一説であり、ほかにも様々な考察がある。

戦闘力が低下する妊娠中の生存率をあげるべく他種に媚《こ》びる本能だとか、血のかわりに先走り汁で酩酊しているとか、単に根がドスケベなだけだとか。

（よくわからんけど、このギャップはかなりクるな！）

心の底まで屈服させたという実感にスタンクは打ち震えた。

「ぁおっ、ぉおんッ、おじさま、おじさまぁ……！」

しおらしい態度をしていればロゼはかなりの美少女である。線が細い体つきは色気よりも可憐《かれん》さが先立つが、喜悦によじれる様はとびきりいやらしい。

壊れるほど乱暴にしたい。

きめ細かな肌を汚してやりたい。

限界を越えて蓄積してきた快感がバチバチっと下腹で紫電を飛ばす。

「おっと、そろそろ限界だな……！　雑魚穴めちゃくちゃにしてコキ捨てるぞ！」

「ああ、嬉《うれ》しいです……！　おじさま、悪いロゼにたくさんお仕置きして……！　力いっぱい組み伏せて、乱暴に突いて、おじさまだけのアヘ肉チビ便器にしてぇ！」

おまえだれだよ。一瞬のツッコミ欲は忘れることにした。

スタンクは手加減せず、上から押し潰すように暴力的な抽送に徹した。ロゼがそれを嬉々《きき》として受け入れていることは、しがみついてくる手足が証明している。

トドメの時間だ。

「よーしよしよし！　イクぞイクぞ、俺の大勝利だぁー！」

「あおッ、おおッ、ぉおんッ！　おじさま、おじさまおじさまッ、ぉおおんッ！」

全体重を乗せて、ばちゅんッと一発。

ずっと締めつけてきた鈴口を景気よく解放した。

全身が引き裂かれそうなほどの至福感が噴き出す。飛び出す。小さな子袋を一瞬で埋めつくし、結合部からぶびゅぶびゅとあふれ出した。

「思い知ったかッ……！　これが俺の、俺とスーパー・デラックス・スタンクソードの愛と絆と怒りと性欲の力だッ……！」

「ぉおおッ、思い知りましたぁ……！　つよいっ、すごいっ、おじさま最強ぉッ……！　あぉおッ、ぉおんッ、ロゼの子宮惨敗で妊娠しちゃいそうだよぉ……！」

ちゅっちゅとキスして、ぎゅっぎゅっとしがみつく華奢《きゃしゃ》な少女。

彼女の豹変《ひょうへん》に敬意を表して、スタンクは射精も終わらぬうちに再起動する。

勝った。くり返し敗北をくれてやった。

制限時間がくるまで、一度も負けることなく連勝しまくった。

薬も抜けて賢者モードになるころには、ロゼが土下座で足をなめていた。

「いや、お嬢さん。そこまでされても困るっていうか」

「えぇ、だってぇ、アタシもうおじさまの便器だしぃ……一生ついていてくしぃ……」

「どうせ間を置いたら素に戻るんだろ」

「それはそうだけどー、いまはそーゆー気分なのー。ねえ、また来てくれる？　またロゼをみじめったらしい負け犬にしてくれる？」

「うんまあ機会があれば」

「やだ……素っ気ないところもかっこいい……好き……」

ここまで堕《お》ちると逆に怖かった。

# REVIEW

## ナマイキ赤ずきん

| 種族 | 名前 | 点数 | レビュー |
|---|---|---|---|
| 人間 | スタンク | 7 | 自慢の肉の剣でメスガキにわからせてやった！　大人なめんな！ |
| エルフ | ゼル | 6 | 自分に耐性魔法かけまくって耐久アヘらせプレイで大勝利！　一〇〇年も生きてないガキが二〇〇歳なめんな！ |
| ハーフリング | カンチャル | 9 | テクでめちゃくちゃにアへらせてやった！　小さいからってなめんな！ |
| アシュラ | イクイク豚おじさんブルー | 10 | メスガキには勝てなかったよ……。今日からこの名前を名乗るように言われました。強者ぶっていましたが、本当は敗北アクメでびゅーびゅーしちゃう恥ずかしい豚野郎です。何度も何度も自分の惨めさを思い知らされてびゅーびゅーしました。雑魚でごめんなさい。ごめんなさいって言葉にもアクメ感があります。もっともっと敗北したいです。ごめんなさい。ブヒブヒ。 |

＊

二頭の馬が街道を駆けていく。

またがるのはスタンクとゼルのふたり。

ともに清々《すがすが》しい顔をしていた。

おのれの力を出しきって勝利をつかみ、すでに大団円の心持ちである。

心残りがあるとすれば、仲間をひとり失ったことか。

「ヴィルチャナは惜しいことをしたな……」

スタンクは振り向いた。

視線を送る草原の果てにサキュバス店はもう見えない。

彼はいまもそこで孤独に戦っている。負けつづけて金を搾り取られていることだろう。

「アイツはもうアシュラの剣士ヴィルチャナじゃない……イクイクおじさんだ」

「違うぞゼル、イクイク豚おじさんブルーだ」

店のフロントで合流したとき、八つん這《ば》いの彼がブヒブヒ言い出したときは戦慄《せんりつ》が走った。

言葉も使えない豚のかわりにレッドキャップ嬢が代弁した。

「豚おじさんはうちでもっと遊んでくから、お仲間さんはお先にお帰りください」

「ブヒブヒ」

屈辱のどん底で、イクイク豚おじさんブルーはちょっと嬉しそうだった。

「まあ童貞喪失があの店じゃおかしくもなるわな」

「ローションもギャザーも挿入なしだったみたいだしな……」

二人は前方を見据えた。

勝利者から敗北者にかける言葉などありはしない。ただ勝利の先の希望を求めるのみ。

ちなみにピュグマリオはカンチャルが連行していった。馬のお相手でヘロヘロになっていたので大した苦労はなかった。それでも口だけは小うるさく回転して一同を感心させたのだが。

「カンチャルのやつ、メイドリーが怖いから体よく逃げただけだと思うんだが」

「ありえる……いまからだと追いつけるかギリギリだし」

状況を考えると昂揚《こうよう》感も薄れていく。

ガラちゃんとメイドリーのご対面が近づいている。破壊神メイドリー誕生を防ぐためには、両者を会わせるわけにはいかない。でなければ鮮血の結末が訪れるだろう。

ふたりはなけなしの勇気を振り絞って前進する。

前方には地獄めいた暗雲が立ちこめていた。

# 第七話

# イチャラブハニー

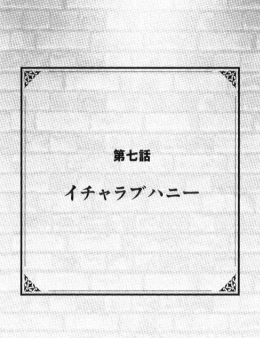

この世には逃れえぬ運命が存在する。

渦のように人を飲みこみ、どのような形であれ結末まで引きずりこんでいく。

飲みこまれるまえに引き返す選択肢もあろう。

だが、スタンクはどうしても後戻りを選べなかった。

前進するしかない。それが自分のしてきたことの結果だと、自縄自縛で受け入れてしまう。

信念ゆえの落とし穴。それこそが逃れえぬ運命だ。

「ここまできたら腹をくくるしかない」

スタンクは食酒亭の店構えと向きあっていた。

そこに彼女と彼女がいる。

人生の答えを求める人形娘と、彼女のモデルとなった有翼人が。

(……間に合わなかった)

さきほど食酒亭から出てきた客を捕まえて話を聞いた。

褐色触手娘が入店して、メイドリーに話しかけていたらしい。

「間違いなく俺らにとっちゃロクな結果にならないだろうが……」

覚悟を決めて、決意を口にする。

「まあ仕方ない。俺だって股《また》の剣を信じてアイツそっくりの人形にハメたんだ。ああ、そうだ。これは信念の話だ。おまえそっくりの人形が俺ら以外にもハメられまくって魔改造された挙げ句、イカレポンチのせいでもっとわけわからんことになったということを説明して、元凶は俺らかもしれんけどハメたあとのことは一切責任ございませんと胸を張って言ってやるんだ！」

　正々堂々の言い訳モードだった。

　ゼルは自分とスタンクに延々と付与魔法をかけていたが、それを終えて息を吐く。

「防刃魔法、耐衝撃魔法、耐熱魔法、などなど重ねられるだけ重ねがけした。あとは魔法が切れるまでにメイドリーが落ち着いてくれることを祈ろう」

「生き延びたところで食酒亭出禁かもな……」

「ここより居心地《いごこち》いい場所あんまりないんだけどなぁ」

　ふたりはうなずきあって、酒場に踏みこんだ。

　黄色い笑い声が弾《はじ》ける。

　カウンター席で見目麗しい女性ふたりが楽しげに談笑していた。

「えー、ほんと？　ほんとに爆発したの？」

「したした！　ピュグっちが作るもの四割ぐらい爆発するし！」

　有翼人メイドリーと、そっくりの顔をした褐色触手人形ガラちゃん。

　年ごろの女の子が気安く笑いあう雰囲気に、スタンクたちは気勢を削《そ》がれた。

「いらっしゃいませー、お席ご案内しまーす」

　先行していたはずのクリムが給仕としてスタンクたちを案内する。頭に大きなタンコブができているのは、メイドリーに殴られたのか例の翼が途中で壊れたせいか。

彼はぼそりと小声で状況を報告しはじめた。

「セーフです……ガラちゃんさんは自分の生い立ちについては一切話してませんし、メイドリーさんはただの他人の空似としか思ってません……」

「おまえはなにやってんだ」

「しばらくお仕事休んでたぶん、キリキリ働けって言われました……」

メイドリーが雑談に耽《ふけ》っているので、クリムがひとりで給仕をこなしていた。スタンクたちから注文を取ると、慌ただしく店内を駆けまわる。

「……とりあえず様子見だな」

「いつポロッとバラすかもわからないからな」

ふたりは小さめのテーブル席から聞き耳を立てた。

「でもほんっとビックリした。この世には自分そっくりのひとが三人いるって言うけど、いざ本当に目の当たりにすると声出なくなっちゃったし」

「ウチもちょっとヘンな気分っていうか、なんか笑っちゃう」

「笑っちゃうよね、なんだろこれ」

他愛ない話で盛りあがる様は年相応の女の子だった。

憤怒と暴力を司《つかさど》る破壊神にはとても見えない。

ガラちゃんも屈託なく笑っていて、両者のあいだには十年来の親友という雰囲気すらある。

「でさ、ヘンな話になっちゃうけどさ」

「なになに。恋の話とか？」

「あはは、違う違う。ウチそういうのまだ早いっていうか」

「えー、モテそうだと思うんだけどなぁ」

「自分で言う？　その顔で言う？」

「いやいやいや、顔じゃなくて！　スタイルいいし、話しやすいし、まあお顔も私と一緒で美少女だと思いますけどね？」

「自分で言ったし！　このひと自分で美少女って言っちゃったし！」

「たまにはいいのー！　今日は自分は可愛《かわい》いって言っちゃってもいい日なの！　それよりほら、へンな話ってなんなの？」

促されて、ガラちゃんは満面の笑みをかすかなほほ笑みに変えた。

まっすぐにメイドリーを――うりふたつの顔を見つめる。

「アンタってこのお店で働いてるんだよね」

「うん、給仕させてもらってるよ」

「満足してる？」

「そうね、女将《おかみ》さんいいひとだし、まかない美味《おい》しいし、変な客はいるけど根は悪いやつじゃないし、本気でムカついたら殴ればいいだけだし、悪くない職場だと思う」

「人生、たのしい？」

ガラちゃんの瞳《ひとみ》が感情を乗せてかすかに揺れた。

「意識したことはないかなぁ。でも、楽しいんじゃない？　こうやって、たまたま出会った自分のそっくりさんと仲良くお話できるぐらいには余裕もあるから」

「そかぁ。出会いと余裕かぁ」

「うん、出会いって素敵だから」

メイドリーは満面の笑みを浮かべた。スタンクたちには見せたことのない表情だ。強いて言えば、怒りが限界突破して笑うしかなくなった表情ならたまに披露している。

「酒場ってね、いろんなひとがお客さんとしてやってくるでしょ。このお店は荒くれ者が多いし、コイツどういう育ち方してこうなったのかなブン殴るぞみたいなのがけっこう多くて。あと猥談《わいだん》しかしない変態とか、サキュバス店のレビューで小銭稼いでるプロの変態とか、給仕にセクハラして殴られてもぜんぜん懲りない最悪の変態とか」

「変態ばっかじゃん」

「うん、ほんとイヤになっちゃうよね」

一瞬、冷たい視線がスタンクのほうに飛んだかもしれない。

「でもまあ、そういう連中だってご飯を食べたらお行儀よくゴチソウサマって言ったり、おいしかったよって言ってくれたり……普通に暮らしてたら縁のないようなひとたちと、ちょっとだけ距離が近くなったような感覚って、悪くなかったりするよ」

「たとえどんな過去があっても、いまこの瞬間の出会いと触れあいはイイモンだってこと?」

「そうそう、よくなかったら殴るしね」

ふたりは声をあげて笑う。

おまえのほうが荒くれ者じゃねーかと言いたい気持ちをスタンクは必死で抑えた。

「なあスタンク……俺たち助かったたってことでいいのか?」

「たぶんな……考えてみりゃアイツの目的は自分探しだし、自分の生い立ちをメイドリーに伝える必要もないからな。無用なトラブルを避けようって気持ちもあるんだろ」

「イカレポンチに作られた核のわりにマトモな判断だな」

「反面教師だったんじゃないか？」

スタンクとゼルはすこし話しあってからクリムを呼ぶ。

オーダーを聞いたクリムは、笑顔でメイドリーたちに酒を運んだ。

「あちらのお客さまからです」

自称美少女&そっくりさんが振り向くと、スタンクたちは最高にかっこいい決め顔を返した。

一瞬でメイドリーの顔が醒《さ》め、半眼でガラちゃんに警告する。

「あのね、アイツらにだけは心を許しちゃダメだからね」

「そんなガチめな顔で言うぐらいダメなの？」

「男なんて女の子をおいしく食べることしか考えてない生き物だから。とくにアイツらはその道のプロっていうか、女の子食べ歩くのが人生みたいな外道だから」

「言いすぎじゃね？　でもわかった。気ぃつけとくね」

「よろしい」

ふたりは酒をあおると、ますます雑談に花を咲かせた。

他愛なく、気を置くことなく、思うままに。

そんな楽しい時間にも終わりの時はやってくる。

「じゃ、ウチ、そろそろ行くから」

「えー、もう？　お酒おいしくなってきたところなのに」

「ごめんね。でも楽しかったよ。嬉《うれ》しかった。会えてよかった」

触手娘は下肢をうごめかせて椅子から降りた。

「あ、名前！　まだ言ってなかったよね。私はメイドリー。あなたは？」

「ウチは、ガラ……ガラドリー」

「名前まで似てるんだぁ。ちょっとうれしいかも」

ほがらかに笑うメイドリーに、ガラドリーは薄く目を細める。

深い満足を感じさせる笑みだった。

「会えてよかったよ、メイドリー」

立ち去る寸前、彼女はクリムに目配せをし、代金を手に握らせた。

クリムはスタンクとゼルのテーブルに金とともに握らされた紙片を置く。

——店の裏で待つ。

すこし間を置いてから、スタンクとゼルは席を立った。

ポン、とメイドリーの肩を叩《たた》く。

「おまえって意外と普通の女の子だったんだな。ちょっと安心したぞ」

「私のことなんだと思ってたのよ」

スネをつま先で蹴《け》られたが、衝撃緩和の魔法がダメージを防いでくれた。

かくして破壊神が降臨することもなく事件は終了した。

結論から言えば、もろもろの罪状はすべてピュグマリオのものとなった。

ガラドリーは無罪放免。

ゴーレム核の製造は法で様々に規制されている。無許可で製造したピュグマリオの罪はさらに累積された。一方、作られただけのガラドリーにはなんの責任もない。過程はどうあれ、生み出されたからには一個の人格を持つ生命体だ。各種の権利は保障される。

《性のマリオネット》も鷹揚《おうよう》な判断を下した。

「われわれがゴーレムの権利を守らないわけにはいきませんから。彼女は独立した一個人です。それに彼女、ボディと核が完全に融合してしまって、いまさらバラせませんので。ボディの代金については あのイカレポンチから搾り取りましょう」

ピュグマリオは気の遠くなるような時間を賠償金の支払いに割くことになる。

どうやって金を作るかはスタンクの知るところではない。

仕事を終えて報酬を得たら、毎度のごとくサキュバス店を巡る。

——そうして日々は過ぎて——


《イチャラブハニー》はラブラブ恋人プレイが売りのサキュバス店である。

だれだって可愛《かわい》い女の子とはイチャイチャHしたい。

さほど可愛くなくとも、イチャイチャ感があれば気分的に可愛く見えたりもする。

イチャイチャは強い。とても強い。

だが——はたしてそれは商売上の売りになるのか？

そもそもサキュバス嬢の多くは距離感が近い。それこそ恋人のように甘い雰囲気で客をもてなす嬢は珍しくもない。リピーターを求めるなら当然とさえ言ってもいい。無愛想な嬢を好むのはかなりの通だけだろう。

それでも。

恋人プレイを売りにするだけの理由が《イチャラブハニー》にはある。

「プレイルームではお香と魔法陣で幻惑効果が発生します。目の前の相手を本物の恋人と誤認するのです。それも一番おアツい時期のラブラブ仕様で」

魔法使いらしき出で立《いた》ちの受付嬢がカウンター越しに説明をした。

「念のため聞いとくけど、副作用はないいんだよな」

スタンクの脳裏に股間《こかん》魔剣化事件がよぎる。

「万一に備えて、事前に血液採取のご協力をお願いしています。お客さまの耐性と体調を検査してから幻惑効果を調整します」

「なるほどな。段取りがちゃんとしてると安心できる」

その場のノリでゴリ押ししてくるイカレポンチとはまるで違った。

「また、当店の時間制限は通常のサキュバス店より長めですが、延長は厳禁となっていますのでご注意ください」

「なんで延長なしなんだ？」

「ありにすると、みんな全財産をなげうつ勢いで延長するんです。俺の恋人をほかのやつに渡すかーって。いろいろ問題が出るので、時間きっかりで終了することになっています」

「ちゃんとしてる……すごくちゃんとしてる……ちゃんとしてるっていいなあ、うん」

スタンクと仲間たちは指先を浅く切って、検査用紙に血を数滴垂らした。

「こちらの用紙は検査後に焼却し、再利用は絶対にいたしません」

「いろいろ考えてるんだなあ。ちゃんとしてるなあ」

間違っても体の一部が異物に変形することはなさそうだ。

受付嬢は検査用紙の変色と皺《しわ》の寄り方を確認すると、カウンターの陰でなにかを操作する。各部屋の幻惑効果を調整しているのだろう。

スタンクは目配せでゼルに問いかける。魔術的に妙なことはしていないかと。

ゼルは軽く肩をすくめた。とくに問題はないのだろう。

間もなく操作は終了し、検査用紙は灰になった。

「それでは、みなさまの可愛いハニーが待つ愛の巣へとご案内いたします」

受付嬢に案内されて、一行はそれぞれの部屋へ移動する。

スタンクはドアのまえで軽く深呼吸した。

ここに彼女がいる。

様々なトラブルの果て、ついに自分の生き方を見出《みいだ》した彼女が。

「邪魔するぞ」

ノックをしてドアを開く。

褐色肌の少女は頬《ほお》を赤らめ、もじもじと触手をうごめかせていた。

「あ、会いたかったよ……スタンク」

漂う甘い香気が脳を冒す。目の前にいるのは愛《いと》しいハニーだと思えてきた。

万感の想《おも》いをこめて、スタンクは部屋に踏みこんだ。

「俺も会いたかったぞ、ガラドリー」

＊

ガラドリーが食酒亭でメイドリーと対面した日のこと。

彼女は店の裏にスタンクたちを呼び出し、相談を持ちかけてきた。

「ウチ、サキュバス店で働こうと思うんだけど……初心者向きのいい店知らない？」

「え、そういう仕事嫌がってなかったか？」

「ウチがイヤなのは、流されてわけもわからないうちに人生決めちゃうようなことっていうか。体の適性だけで短絡的にお仕事決めたら後悔しそうだし」

でも、と彼女は切り替える。

「メイドリーと話して、食酒亭の雰囲気を味わったら……なんつーかさ、人生いろいろって感じじゃん？　なら、こういうのもアリかなって……ウチまだまだ世間知らずで、なにができるかもわかんないし、体の適性でひとまず様子見ってのも悪くないかーって」

「そうだな。あのイクイク豚おじ……いや、ヴィルチャナもできることを突き詰めてってあれだけの剣士になったんだ。その後はまあ、あれもあれで人生だ」

「アイツとスタンクの決闘も見ててグッときたよ。ウチは血なまぐさいのイヤだけど、なにかひとつのこと極めるのもカッコいいじゃんって」

ガラドリーはにかりと快活に笑う。

顔立ちこそメイドリーに似ているが、表情の作り方がまるで違った。

だれの似姿でも作り物でもなく、彼女は彼女として笑えるのだ。


ガラドリーは一時的に《性のマリオネット》に身を寄せた。

あくまで裏方として業務を手伝うだけで、サキュバス嬢をするわけではない。核とボディが融合した彼女は自作ゴーレムの基準から大きく外れている。

はたしてガラドリーに適したサキュバス店とはどんなものか？

スタンクたちレビュアー一同で知識を出しあい、なんとか十店にまで絞りこんだ。

情報をまとめた資料をガラドリー宛てに送付して、およそ一ヶ月。

返事の手紙には感謝の言葉と、スタンク個人へのメッセージが同封されていた。

「アンタが最初のお客としてきてくれない？」

役得である。

＊

あらためて見てみると、ガラドリーの容姿は素晴らしいものだった。

肌は照明をよく照り返す艶《つや》やかな小麦色。

側頭部から伸びた大ぶりな角は洒落《しゃれ》た帽子のように彼女を飾り立てている。

半透けのベビードールから覗《のぞ》ける乳房は言わずもがな特大。以前よりもさらに大きくなった感すらある。これも呪《のろ》われた核の仕業なら、呪詛《じゅそ》よりも賞賛を送りたい。

（オッパイ大きくて可愛い、俺だけのハニーだ……！）

香気と魔法陣の影響もあって、なにもかもが魅力的に見えた。

彼女も恋する乙女の潤んだ眼差《まなざ》しで、小さくはにかみ笑いをする。

「ふ、服脱がすけど……えへへ、緊張しちゃうねこれ」

ガラドリーはスタンクの服を脱がしはじめた。

両手だけでなく触手も使い、たびたび乳房を押しつけて肉感を強調する。

「はじめてなのにずいぶんと慣れてるな」

「みっちり練習したから。ウチ、才能あるって褒められたんだよ？」

得意げに言ったかと思えば、慌てて両手を左右に振る。

「あ、違うよ！　相手は基本的にウチとおなじサキュバス嬢だし！　男のひとはダーリンがはじめてだから、誤解しないでよ！　ウチはもうダーリン一筋って感じだから！」

「俺もいまはハニーしか見えないぞ。すごいなこの部屋。見つめあってるだけで初恋みたいに胸がドキドキしてくる」

「ふーん……ダーリンは初恋済みなの？」

「ああ、もうずいぶんとまえの話だが……いてッ、いててッ、吸盤張りつけて思いきり引っぺがすのやめてくれ頼む」

触手の吸盤が体のあちこちに張りついては剥《は》がれる。スタンクの全身を丸いアザだらけにして、ガラドリーは半眼で睨《にら》みつけてきた。

「ウチはこんな気持ちになるのスタンクさんがはじめてなんですけどー」

「うん、それはまあ、ちょっとゴメン」

「ちょっととかじゃなくてさー、ゴメンって思うならさー」

んむー、とガラドリーは唇を尖《とが》らせた。

すねているのではない。いや、半分はそうだろうが、この場合は別の理由がある。

とびきり可愛《かわい》らしい要望に応《こた》えるべく、スタンクは彼女に顔を寄せた。

ちゅ、と優しくキスをする。

「ん……はぁ、ファーストキスしちゃった」

白い歯をむき出してニシシと笑うガラドリーが心の底からいとおしい。ケミカル&マジカルに醸成された恋愛衝動が全身を熱くする。とりわけ体の中心部は鋼のごとく硬化していた。

「あっ……もうガマンできない的なノリ？」

「かなりキツいけど、焦るのももったいないって気分だ」

「じゃ、まずは体キレイにしなきゃね」

ガラドリーは身につけていたベビードールを脱ぎ捨て、洗い場に移動した。

サキュバス店の超定番、マットプレイのお時間である。

特色と言うべきは、洗浄用粘液を泡立てる部位。下肢、つまりは触手部分。

「それじゃうつぶせで楽にしててね。ちょっと体重かけるよ……」

うつぶせになったスタンクの背に、ぬぢゅぢゅ、と粘つくものがのしかかってきた。素肌に吸いつきながら背中から四肢へと広がっていく。人型の上半身と違ってひんやりした触手が火照った肌に心地よい。泡を巻きこんで擦《こす》りまわす動きも上々。

「おおぉ……ほんとに才能あるなぁ、めちゃくちゃ気持ちいいわ」

「でしょでしょ？　こういう技も教えてもらったよ？」

ぱふん、と柔らかなものがスタンクの頭を左右から包みこむ。

いまさらなにかと問うまでもない。

「ナイスおっぱい……！」

「ここまでしっかり挟みこめるデカ乳はレアって言うからね。ダーリンてばラッキー♪」

頭から顔までがぱふぱふの効果範囲となっていた。片乳だけでもスタンクの頭部より大きいのではないか。それでいて形が崩れきらない弾力もある。極上の爆乳だ。

「そろそろ逆向いてくれる？　今度は正面から、ハグしながら……」

言われるまま仰向《あおむ》けになった。

正面から柔らかダブル山脈に顔を埋《うず》める。ぎゅっと抱き寄せられるのもいい。

触手泡踊りも体の前面を果敢に攻めていた。

それはつまり、屹立《きつりつ》した男の剣を洗うということでもある。

「んぅ、なんかすごい……硬い……やっぱり剣になるぐらいだから普通より硬いの？」

「人間基準ではたくましいとは思うが、べつに剣になったのは関係な、おふッ」

「あ、えっちな声出た。やりぃ」

「ハニーの触手で洗われたら声ぐらい出るよ」

「じゃあウチ超がんばって洗うね。ダーリンのえっちな声聞きたいし」

「お手柔らかに……んっ、おうッ、ふうッ」

潤滑液をまとった軟体が巻きつき、むっちりした締めつけでしごきたてる。

きゅぽ、きゅぽ、きゅぽ、とリズミカルに。

ときに触手の先端で亀頭をツンツンするので、刺激が決して単調にはならない。

スタンクが限界を迎えるのはすぐだった。

「あ、ものすっげ震えてきた……！　ね、出すの？　出しちゃうの？　ウチの触手が気持ちよくてイッちゃう？　ね、ね、ね！」

「あ、ああ、気持ちいいから出る……！　ハニーの触手最高！」

「いいよ、ウチはいつでも……！　ダーリンが気持ちよくなれるなら大歓迎！」

きゅううぅー、と全方向から触手が圧縮してくる。

反発するようにスタンクは発射した。

粘っこいものを放出するたび、肉剣が幸せな感覚に満たされる。

触手が微動してかすかな摩擦をくれるのも絶頂感に拍車をかけていた。

「おぉー、ほー、ハニーすごいな、搾り取られるみたいだ……！」

「意識して搾り取ってまーす。触手ってさ、けっこー感覚ビンビンだからさ、ダーリンの熱いの感じるとゾクゾクってなるんだよねー。はぁ、超気持ちいい……」

ガラドリーはうっとりと感じ入って熱い吐息をこぼす。

　ふたりは射精が終わってからも、しばらくハグしあって多幸感を分かちあった。

　ハニー＝ガラドリーの才能は触手以外でもいかんなく発揮された。

　パイズリをすれば特大の質量をダイナミックに活《い》かす。

　重みたっぷりの躍動感にダーリン＝スタンクは愉《たの》しく屈した。

　フェラチオにおいては一転、舌先を細やかに使う。

　肉剣の構造を隅々までなぞりつくされ、スタンクは心地よく敗北した。

　立てつづけに三度の敗北。

　しかし歴戦の勇士は萎《しお》れるどころか、さらに雄々しく剣を隆起させるのだ。

　逆にガラドリーは萎縮《いしゅく》気味に、丸めた触手を浴槽の底に沈めている。

「ついに、ついにウチ、ダーリンとヤッちゃうんだ……」

　触手がゆるむと浴槽のなかで浮きあがる。

　すぐに固くなってまた沈む。

　ガラドリーのプレイルームはベッドがないかわりに浴槽が大きい。もともと水棲《すいせい》種や触手娘のための部屋であり、ちょっとしたプール程度の面積がある。

　内側を満たすのはぬるま湯だった。体を冷やさず、湯あたりしない程度の温度。

　スタンクも湯に浸《つ》かって、愛《いと》しいハニーを抱きしめる。

「オーケー、緊張しなくてもいい。俺の体温を感じて落ち着くんだ」

「う、うん、でもやっぱ練習と違って緊張する……ウチほら、はじめてだしさ」

言って、ふとガラドリーは表情を曇らせる。

「はじめてって言うと、ちょっと違うかな……体はいろんなひとが触ったあとだし」

彼女の体は人形専門店のデフォルトコーナーで多くの男に触れられてきた。

もちろんそれは、現在の意識を宿した核がはめこまれるまえの話である。彼女の魂が純潔であることに変わりはない。

ただ、ガラドリーという少女はウブな感性を持っている。

彼女の懸念を笑って流すのは失礼だ。

(こいつは俺のハニーだ……愛の力で救ってやらなければ)

スタンクは力強く彼女の肩を抱いた。

いつもはメイドリーから濁ってるとか腐ってるとか死んでるとか言われる目を、気色が悪いほどキラキラと真摯《しんし》に輝かせる。

「ハニー……股《また》のマジホは新品なんだろ?」

「も、もちろん！　最高のマジホを選んで、かっちり融合させたから！」

「ならおまえは処女だ！　俺のための処女だ！　その清純なる絶対処女防壁《バージン・フォートレス》を俺の自慢の愛の剣で貫いてやる！」

「やだ、超かっこいい決めゼリフ……マジホから本気汁ブシャーッてなりそう……！」

愛は勝った。

香気と魔法陣で擬似恋愛にのぼせたふたりの仲に、もはや障害はない。

向きあうは男の剣と女の穴——

ヘソまで反り返らんばかりの肉の刃《やいば》！

ＶＳ
触手の付け根の中心に開かれたイボ襞《ひだ》だらけのマジカルホール！

――激突《Fight》。

「おりゃあッ！」

「ンあぁああああッいきなりイクぅうう！」

「うッわすッげ俺もいきなりイクぅううぅぅッ！」

一瞬の決着。引き分けである。

固く抱きあったまま身震いするふたりに、触手が巻きついてホールドする。気がつくと浴槽の底からスタンクの足が離れ、浮いたまま絶頂を味わっていた。

夢見心地というべきだろうか。

浮遊感を味わい、離れられない状態で剣汁をびゅーびゅーと注ぐ。その勢いが落ちるにつれて、物足りないとでも言うように腰が動きだした。

じゅっぽじゅっぽ、と柔穴をえぐり返す。

ぎゅむ、ぎゅむ、と穴が脈打って男剣を抱擁する。

ふたりは際限なく夢見心地に溺《おぼ》れていく。男女混合汁のおかげで潤滑もいい。

「うぅ、あくッ、ほんとにすごいマジホだなこれ……！　腰が止まらん……！」

「ダーリンのも超デカいし形エグいし、めちゃくちゃいろんなとこ引っかかって、あひッ、ウチ、ウチ、いま生きててよかった的な気分……！」

ガラドリーはとろとろの悦顔でスタンクにキスをした。

何度も何度もちゅっちゅ、れろれろ、ちゅばちゅば、と舌まで交える。

触手の絡みつきも情熱的で、毛穴にまで入りこまんばかりだ。

「また、また出るぞ！　俺の愛《ラブ》が噴き出す！」

「出してッ、愛《ラブ》でウチを殺してぇ〜ッ！」

強く強く抱きしめあって、W絶頂。

しばし余韻を味わってから——さらに対戦をくり返した。

ときに体勢を変え、位置を変え、様々な角度で攻防をくり広げる。初戦ほどのスピード決着はないが、それでも決着はいつも引き分けだった。

「はあッ、あんッ、あはぁッ、ハメてもらうのって、こんなすごかったんだ……！　はうぅ、やっべ、マジはまる……！　超愉しいッ、ダーリンのセックス最高すぎるんですけど……！」

「ふう、くう、うッ、相性ちょっとよすぎるな、俺たち……！」

「んあッ、あんッ、やっぱさ、この体を最初に抱いたのもダーリンっしょ？　核とマジホは別物だけど、やっぱりなんか、そーゆーのでつながり的なアレが、ソレしてるんじゃない？」

「ふわふわしすぎだろ。そういうときはこう言うんだ……」

スタンクはガラドリーの耳元に口を寄せた。

力のかぎり男前な声を絞り出す。

「愛の運命《ラヴ・デスティニー》が俺たちを結びつけてるんだよ……」

「あんっ、やだかっこよすぎ……！　耳からイッちゃうぅ……！」

「うおッすっげぇ締めつけてくるッ！　俺もイッちゃう！」

「ダーリン愛してるぅうーッ！」

「ハニー！　アイ・ラブ・ユウーッ！」

ふたりの対決はまたも引き分けとなった。

次なる勝負はすぐにはじまる。

想《おも》いのあるかぎり快感もまた終わらない。

まるで永遠につづく愛の輪廻《ラブ・リインカーネーション》――


という幻想は、香気と魔法陣の効果が途切れると同時に終結した。

スタンクは湯からあがると、その場に這《は》いつくばる。

「恥ずかしくてもう死にたい……！　だれか俺を殺せ……！」

「そんな気にしないでいいじゃん。酔った勢いみたいなもんだし」

「いくら酔っても普通はあんなこと言わねえだろ！　なんだよ、その、愛のなんとかって！」

「愛の運命《ラヴ・デスティニー》？」

「殺せえええええええッ！」

赤面で鳴きわめくスタンクの体を、ガラドリーはタオルで丁寧に拭《ふ》いていく。彼女の顔も多少は赤いが、スタンクと違って致死量の羞恥《しゅうち》には冒されていない。

「ウチは楽しかったよ。ていうかいまのほうが楽しいかも。超ウケる」

「ウケるなよ！　それがイヤなんだよ！」

「おかげさまで初体験はステキな喜劇になりましたー的な？　ヘンに引きずらないでよさそうだし、ウチはほんと感謝してるよ」

悪戯《いたずら》っぽいほほ笑みを見ていると、ムキになると負けだと思えた。落ち着こう。

すー、はー、と深呼吸して恥ずかしい記憶を封印する。落ち着いた。

水気がなくなってから自分で服を着る。

腕に組み付いてきたガラドリーと一緒に部屋を出た。

時同じくして同行者たちも退室して顔を合わせる。

気まずいので、たがいに目を逸《そ》らす。

店を出ると、入り口でガラドリーが手を振ってきた。

「お別れだね、スタンク」

「この店でやっていけそうか？」

「うん、お客の恥ずかしい振る舞いを大切な想い出にしてく感じで」

「鬼か」

「鬼じゃなくてかわいいガラドリーちゃんでーす。またのお越しをお待ちしておりまーす」

屈託のない笑顔を見て、スタンクは苦笑まじりにうなずいた。

気が向いたらまた指名してみよう。

今度はもうあんな醜態はさらさないぞ、と心に誓った。

# REVIEW

## イチャラブハニー

| | | | |
|---|---|---|---|
| ◇人間 スタンク | ◇エルフ ゼル | ◇ハーフリング カンチャル | ◇アシュラ イクイク豚おじさんブルー |
| 9 | 7 | 6 | 10 |
| おまえらイチャラブHは好きか？　俺は大好きだ！　この店はイチャラブ演技をするのでなく、魔法を使った催眠状態で客と嬢がガチ恋愛に落ちる。最愛の彼女とイチャイチャハメハメできるんだから気分は最高だ！　10点確定！　……と言いたいところだが、催眠が解けた瞬間は覚悟しておけ。プレイ中に言った愛の言葉を思い出して軽く死ねるぞ。死んだ。 | イチャラブHというプレイ自体は鉄板だからこそ種族選びが重要だ。俺は人間の女を選んだんだが……エルフから見れば若くてマナの活きもいいんだが、当人的にはおばさんって意識が強いらしい。愛してるからこそいつまでも若いあなたが羨ましい、寿命の差が憎い、とか湿っぽいノリのジメジメHになってしまった。号泣セックスも気持ちよくはあったけど。 | イチャラブって怖いね。なまじ愛情があるから手ぬるくなっちゃう。気分的には心が満たされて幸せなんだけど、性癖としてはもっと過激なプレイを求めちゃうんだよね。でも罪悪感がすごくて、結局ソフトプレイに徹しちゃった。まあ、たまにはこういうのもいいか。 | 自分は豚であると認識していたのだが、涙ながらにアナタは豚じゃないと諭された。愛する女を泣かせる自分が許せず、最近身につけた六手自虐拳を自分に振るったらもっと泣かれた。プレイ後、気の毒そうな目で「強く生きてくださいね」と言われたので「ブヒ」と答えて最後のひと泣きをいただく。申し訳なさにラスト絶頂。世界は幸せに満ちている。 |

かくして、消えた人形はひとりのサキュバス嬢に生まれ変わったのでした。

めでたし、めでたし――

というほど、世の中うまくはできていない。

事件の中心人物はもうひとりいる。

魔法使いピュグマリオはその後、なんらかの手段で脱獄したらしい。

イカレポンチの頭に反省の二文字はない。あちこちで問題を起こしては懸賞金が値上がりし、天下の迷惑魔道士と呼ばれるようになった。

そんなとき、ふつと彼女の足取りが途絶える。

牢屋《ろうや》に囚《とら》われたわけでもなく、足取りがキレイさっぱり立ち消えたのだ。

彼女の末路を語るのは真偽不明の噂《うわさ》である。

実験の失敗で消し飛んだとか、べつの大陸に逃げたとか、いい加減名前を使われるのに怒った魔導士デミアが動いたとか。

以降、彼女の姿を見た者はいない。

＊

そして、事件にいちおう関わった者がもうひとり消息を絶っている。

短期間ながら食酒亭を拠点に活動したレビュアーである。

もともと遠方からの旅人だったので、ふたたび旅立ってもおかしくはない。みながそう思って気にも留めていなかったのだが。

ある日、意外な形で彼の消息が判明する。

食酒亭のスタンク宛てにサキュバスムービーの記録用水晶が送られてきたのだ。

差出人の住所はサキュバス店。名前は《スーパーSM大戦》。

「このサキュバス店、まえにボク行ったことあるよ……」

カンチャルは嫌な予感に顔を引きつらせている。

「付与魔法で体を頑丈にしてハードなプレイに対応しますっていうSM専門店で……あ、もちろんボクはS役だからね？」

嫌な予感が周囲に伝播《でんぱ》する。

スタンクは息を呑《の》んで、水晶に記録されたムービーを壁に映写した。

軽快で勇壮なBGMが流れ出す。

映し出されるのは、這いつくばった女たち。みな一様にボンデージ服だ。

その中心には蒼面《そうめん》六手の妖艶《ようえん》なアシュラ女がいた。

『わが永遠の好敵手スタンク、そして多くの悦楽朋友《スケベフレンド》よ、久方ぶりだな——我こそはイクイク豚おじさんブルーあらためアクメ大好きメス豚ブルー！』

『ヴァンパイアだけど吸血よりも流血がマイブーム！　貧血大好きメス豚レッド！』

『蜘蛛人《アラクネ》の糸は自縄自縛のため！　緊縛大好きメス豚ブラック！』

『オークで豚で常時ブヒブヒ！　天然鼻フックのメス豚グリーン！』

『深夜の聖堂で神像に排尿する習慣がバレてお家断絶！　おもらし常習犯メス豚イエロー！』

ドカーン、と爆発音。

『我ら被虐戦隊ピッグファイブ！』

――んほぉおおぉおおおおぉおおーッ！

五人のアクメ大合唱が響き渡った。

身悶《みもだ》えの様子からして演技でなく本気の絶頂だった。画面外の下半身に何事かされているのだろう。妙にエゲツない水音や打擲《ちょうちゃく》音も聞こえてくる。

「このアシュラ……ヴィルチャナだよな？」

「たしかに面影はあるけど……なんで女になってんだ……？」

「た、助けてあげないとダメじゃないですかね……？」

凄腕《すごうで》の剣士でありドM系レビュアーとして名を馳《は》せた男が、なぜ？

いやドMだからだろ、と言われたら反論の余地もないのだが。

戦慄《せんりつ》する一同をよそに、青いメス豚は喜悦に声を張りあげていく。

『ほおんッ、んぉおおッ、実は先日、立ち寄った性転換専門店がピュグマリオのぼったくり店でッ、あひッ、薬ッ、性転換薬ッ、女になって戻れないぃいいいいいんッ』

蒼《あお》肌の美女は白目を剥《む》き、大口から舌を垂らした。

連鎖的に六つの手をビシッと鋭く掲げて、人差し指と中指を立てる。

『きた！　ブルーの必殺技、アヘ顔六手《シックス》ピースきた！』

『アシュラの六手と天下無双の剣士としての身体能力を活《い》かしたキレのあるピース！』

『ブヒヒッ、いつ見ても惚《ほ》れ惚《ぼ》れするほどみっともない！』

『なんで生きてるの？　プライドないの？　故郷に知られてお家断絶したいの？』

『んぉおおおッ、言葉責めでまたイグぅううぅーッ！』

スタンクは再生を止めた。

世界の終わりじみた沈鬱《ちんうつ》な空気で、どうにか言葉を搾り出す。

「まあ……アイツも楽しそうでよかった」

「元が美形だから女になってもムダに美人だったな……」

「ボクも一歩間違えたらあんなふうになってたんですかね……」

「クリムが言うと冗談に聞こえないからやめてよ……」

みなが総じて疲れきったため息をつく。

ただひとり——ふはぁー、と、怒りの吐息を漏らす者がいた。

鬼神のごとく殺意を放つ有翼人の少女だ。

「アンタたち……店の壁になんてもん映してんのよ……」

「待て、悪意はなかったんだ。まさかあんな強烈なもんが出てくるとは思わなくて。でも実際見てみると女目線でドキドキしたりしないか？」

「するか！」

憤怒の打撃がスタンクを襲った。

出会いと別れをくり返し、ひとは生きていく。

多種族の入り乱れるこの世界で、知性あるものはみなおなじだろう。

悩み、迷い、苦しみ、変わりながら歩みつづける。

もし行き着いた場所で笑顔を浮かべることができれば、それはきっと幸福である。

ガラドリーもヴィルチャナも――


「そしてメイドリー、おまえも笑ってくれ。笑顔で見逃してくれ」

「断る」

絶望のどん底に落ちると、もう笑うしかない。

スタンクは最高によい笑顔で過酷な運命を享受した。

了

お便りはこちらまで

〒102－8078
カドカワBOOKS編集部　気付
葉原鉄（様）宛
天原（様）宛
masha（様）宛
W18（様）宛

# 異種族《いしゅぞく》レビュアーズ

まりおねっと・くらいしす

2020年1月9日　初版発行

著者／葉原鉄《はばらてつ》

原作／天原《あまはら》

キャラクター原案／ masha

イラスト／ W18

発行者／三坂泰二

発行／株式会社KADOKAWA

〒102-8177
東京都千代田区富士見2-13-3
電話／0570-002-301（ナビダイヤル）

編集／カドカワBOOKS編集部

印刷所／株式会社廣済堂

製本所／株式会社廣済堂


ISBN 978-4-04-073453-8 C0093